Kuashijimeishujiaoyuyanjiucongshu

■跨世纪美术教育研究丛书■

U0106005

香港美术教育
——现状与反思

湖南美术出版社

● 林贵刚 著 ●

Kuashijimeishujiaoyuyanjiucongshu

■跨世纪美术教育研究丛书■

香港美术教育

——现状与反思

湖南美术出版社

●林贵刚 著●

目　录

前　言

　　美育，相信很多教育学者都会认同是达至完人教育不可或缺的一部分。

　　然而现实上，无论是各地的华人社会，以至西方的发达国家，都可以看到美术教育无论在学校教育层面，或者社会文化发展层面，都得不到应有的重视。但有趣的是，美育文化在社会所受到的重视程度，却又会与该社会的经济发展水平成正比。当然这种对比关系的提出，似乎有点牵强，或许有人更会指出，上述的表象可理解为美术文化只是经济发展过程的副产物，美术文化永远只是社会升平的点缀品。

　　可是，笔者在香港美术教育界内工作十多年，对不同美术教育理论和实践问题加以探讨后，认为从教育与培训的角度分析，如果政府能积极认真发展美术教育，在各个相关层面做好沟通协调工作，通过美术教育，的确可以促进社会经济和文化的发展。

　　要使得美术教育能发挥其内在功能，当然

需要从认知教育和推行的技术问题上着手改善。笔者一向认为要发展美术教育，问题不在资源和政策上，现在最根本的难题是在于肯谈论"美术教育"这个主题的人实在太少（虽然实际上牵涉到这个行业的起码超过一万人）。诚然我们正面对不同的困难和压力，但最起码可以做的是将阻碍美术教育发展的问题加以剖析，归纳一些可以改善的措施，通过可以接触的渠道，和不同的人分享（不管他们是行内或是行外）。

笔者一向不避见识浅陋，经常利用可以发表的途径，将一得之见付诸文字，目的只在尽一己之责，祈收抛砖引玉之效。

经过十多年思考，收集得美术教育文章多篇，大致也能反映出香港美术教育的主要问题。文章原先打算从写作时的先后编排，到在需要之处加上按语，目的是让读者有机会了解笔者思想发展的历程和过去十多年来本港美术教育一些较具体的发展。后来改为按不同的讨论内容分类编排，方便读者理解。欢迎读者赐教，以减孤独之愁。

一、香港美术教育问答

距离现在不足二年，香港便会回归祖国成为一个特别行政区。现时除了政治、经济等接轨问题外，教育方面的衔接，也是行内热烈讨论的主题。虽然要达到完整过渡要有一段很长时间，但笔者认为现在已是加深内地和香港学者彼此了解的时候了。

虽然在香港从事美术教育及行政工作十多年，但我并不认为现时可以评定香港或内地的美术教育编制和成效哪一个较好，反而觉得各有各的缺点，所以两地应尽量互相交流，互相了解，然后引发更深入的讨论，最后才能找出一个有助于中国人美育发展的方向。

笔者曾参加过国内一个在广州召开的"中外美术教育理论与实践研讨会"，会上国内的朋友对香港美术教育各方面的情况都非常关心，并且踊跃发问。由于与会者多为高等美术院校的同行，所以对这方面的提问也较多，笔者当时已就个人的认识和了解，当场提供资料，并在事后将所有问题带回香港加以整理，

1

但以前因忙于个人进修的缘故，到现在才有空加以回复。

问：　　香港的美术教育有无大纲？美术教育在小学、初中、高中各有什么要求？平时安排怎样？

答：　　香港大学以下程度的教育工作，主要由教育署负责。小学、初中、高中、预科等阶段的学习科目均由教育署各科督学会同各科目的课程发展小组，共同编定教学课程纲要。美术教育也不例外，编有各阶段的课程纲要。小学统称"美劳科"，中学阶段改称"美术与设计科"。另外，中学的"设计与工艺科"及"家政科"的课程也包含一点设计与美感训练的教学内容。

　　现时香港所有的课程编写及发展工作，均由一个教育署辖下的半独立机构——"课程发展处"统筹，负责课程研究和推行工作，并受一个政府委任的咨询组织——"课程发展议会"所监察。小学及初中阶段的美术教育课程已重新检讨，新修订的课程将在年内出版。高中及会考范围的课程则刚在几年前已作修订。全新的高级程度及高级补充程度的课程（大学入学考试适用）则已于年前出版。

关于课时安排，基本上课程大纲建议是小学每周四节（最少不能低于三节），初中两节，高中四至六节。小学课时一般每节 35 分钟，中学 40 分钟。

问： 香港的美术教育受英国还是受大陆的影响大？主要表现在哪些方面？

答： 香港长期作为英国在远东的一个殖民地，学制和课程的发展无可避免会有英国的影子。另外，近年香港已发展成为一个国际城市，资讯发达，所以香港的美术教育也会受不同国家，如美国、德国、日本、新加坡，甚至台湾地区影响。

但若从文化层次分析，香港仍是一个不折不扣的华人社会，所以在学校，以至社会，一如中国大陆，美术教育都是长期被忽视的。绝大部分学生升学时仍以科技或专业科目为首选。普通大众对于艺术发展仍多抱着当作一种玩艺、一种生活点缀的态度。不过香港仍未能接受国内那种艺术发展只单纯为社会服务的主导思想。

问：　　你对大陆的美术教育状况是怎样看的？

答：　　当然关于现代美术教育，中国大陆仍在起步阶段，但本人觉得国内学者众多，著作丰富，而在现时比较宽松和开放的环境下，很多学者都有机会到国外考察或者容易吸收到外界的信息，所以自身发展迅速。据笔者接触来看，很多学者、官员、以至一线教育人员的美术教育观念并不落后。

而且在"一纲多本"的新政策下，美术教育中容许"求同存异"，发展空间得以扩展，大大丰富了美术教育的内容。眼见国内有相当多高质量的教科书出版，令很多香港美术教师非常羡慕。

不过中国大陆美术教育的方向，仍然很偏重制作技术方面，这需要慢慢更正。很多教科书和教师手册的编排方式，也要改善。

问：　　香港学校的美术教育搞不搞素描、水彩等基本功训练？

答: 　　向来，香港的美术教学，只将素描、水彩当作一种教材，而不是单独训练的画种让学生接触。由于受课时和师资限制，更谈不上基本功的训练。中、小学的教师大都将素描和水彩画等当作一种表现手段，除非个别老师是有这方面的特长才会不断地训练学生。

问: 　　请林先生具体谈一下美术评估的具体标准有哪几条？

答: 　　关于美术评估，据我观察，这个问题很多时候都会令美术教师感到困扰。其实很多人都将美术创作和美术教学的评审标准混淆。很多老师在评审学生作品时，忘记那些都是学生课堂习作，通常会利用创意、构图、色彩运用、主题表现、物料选择等等创作因素去衡量学生的能力高低。

　　笔者认为这种取向有欠妥当，因为学生习作属美术教学范畴，一切评估应该先从教学目标的达成与否出发。例如在教授利用"远近法"去表现画面的前、中、远景，或是介绍木刻版画的虚实对比效果时，我们应该先看看学生在习作中有否表

5

现出景物的远近关系，或是版画中有没有利用虚实描图。假如有的话便已算及格，然后才看其色彩、造形、意念等方面的效果，再予以加分。反之，如果未能表现出该项教学目标，则无论作品如何精巧，也应算作不合格，其他画面技巧只作酌量给分。

至于一般的课外练习、学期综合性习作、公开比赛或展览作品甄选等情况的评审也应先配合该次活动的主题加以比较，避免过分偏重制作技巧，这样对所有学生才算公平。

另外，更不应用一些先入为主的假设，例如儿童作品必须表现出童真童趣、技巧太成熟的作品便去怀疑很可能是抄袭、临摹等等。因为笔者的确碰到很多儿童展览的评委，都存在这些有欠公平的倾向，往往导致效果较好的画落选，表现一般的作品反而获奖的怪现象。希望大家能够尽量以作品的制作目的去评估作品。

问：　　大陆考美术院校或美术系专业课考试要考素描、色彩、速写等等，香港考哪些课程（专业考试）？

答：　　投考香港美术院校例如理工大学的设计系、教育学院的美术科或是中大、港大的艺术系，基本上没有规定必须凭美术专科考试报读。只要其他一般科目的公开考试成绩良好也有机会被取录。各大学院校的负责人甚至认为没有受美术考试污染的学生，意念单纯，没有条条框框，反而较容易接受为他们设计的培训课程、免得先须花时间为学生"洗脑"。

　　而在大学内其他学系的学生，也可以将艺术作为他们的副修科目，录取的要求则更为宽松，只要有兴趣便行。

　　我认为，在某种意义上其实这种选科的取向也有好处，反而容易将美术发展成为一种通识科目。在香港，关于美术的专科考试可分三个不同阶段的公开考试，那便是中学会考（中五）、高级补充程度试（预科）及高级程度试（中五）。

问：　　香港美术教育如何与科研、生产相联系？如何为社会经济服务？

答：　　虽然美术和社会经济发展关系密切

（在笔者一篇《美术教育的功能》已有提及），但香港的美术教育，仍未受到学校和社会的足够重视，所以暂时仍未谈得上与科研、生产相联系的层次。至于为社会经济服务，笔者个人认为也只算是一种衍生效果而非政府主动针对性计划。

香港的正规美术教育和社会经济的联系并不很强，同时欠广度和深度。例如开设的科目很狭窄，只是一般性的美术设计、服装设计、产品包装设计、室内设计等，没有如国内的陶瓷工业专科，雕塑专科，装潢设计专科或印刷生产专科等等。

问： **中国画在香港的位置及与西画的比较如何？**

答： 香港是中西文化交汇的城市，在创作上中国画和西画可说平分秋色。传统的中国画和现代国画均有市场。

不过，在学校层面，由于师资和教材缺乏，向来，比较集中在西方审美概念的介绍上，一般青少年对西画或西方现代艺术比较容易接受。考虑 1997 年回归问题，笔者认为，中国艺术在学校内的介绍应有所加强。

问：　　**目前香港中、小学师资状况如何？其中包括学历、数量、来源等。**

答：　　向来，香港中、小学美术教师主要来自三家教育学院（师范专科学校）的美术科。近年来也有些大学及大学美术系的毕业生在中学任教，他们均须接受职前或在职师资培训。前者属于非学位的文凭教师（在中、小学任教的薪酬一样），后者属于学位教师，起薪点和顶薪均较文凭教师高。基本上，在中、小学非美术专科培训的教师也可以教美术科，不过兼任教师在小学非常普遍，约占总数的一半，而在中学则较少，约有一两成。

　　小学美劳教师总数超过9000人。中学约有 1000 人，其中百分之一二十为学位教师。

问：　　**香港有专门培养师资的美术师范系吗？它们的专业设置怎样？上哪些课程？师范系有多少教师？有多少学生？**

答：　　因为香港向来没有师范大学，所以没

9

有美术师范系的开设，修读大学美术系的毕业生主要是接受一般性美术创作训练，若他们将来要当教师，则须接受职前或在职的一般性教育学的培训课程。

现时香港中、小学美术教师，主要来自三家教育学院（葛亮洪教育学院、罗富国教育学院、柏立基教育学院），相当于国内的师专程度，收取中五或中七毕业的学生就读。三所教育学院美术科的教师总共不过 20 人，每年毕业生约有七八十人。招生要求也不严，没有规定入读学生必须曾参加美术科公开考试。课程也主要集中在一般性美术创作的训练上，美术教育理论方面的课程仍然有限。

香港四所教育学院（包括工商师范学院），于 1994 年合并，逐步升格为大学，提供学位及在职教师培训课程。

问： **香港最高的美术学府有哪些？它们设置的专业有哪些？学制怎样？办学经费从何而来？**

答：　有开设美术科的大学院校，还有香港大学艺术系，主要集中在艺术史及艺术理论的研究上；港大的建筑系也设若干美术的常识学习课程；中文大学艺术系则集中在艺术创作的探索上，暂时仍未有专科学习的分科机制。至于理工学院（已升格为大学）的太古设计学院则有开设五门学位课程，其中工业设计、室内设计、服装设计和传意设计均集中研究设计与生产的技术问题，而新开设的设计教育系，则主要招收没有学位的教师在职修读，课程集中在设计教育与文化发展的学习上。课程大多为三年制。

香港的大学，经费来源主要由政府津贴，每年约津贴每个学生10多万经费，还要向学生每年收取三四万的学费。学生若有经济问题，可以向政府申请免息贷款，待就业后再分期偿还。

很多大学也有接受来自私人和团体的捐款，作为发展个别项目之用。

问：　　教师的在职培训有无总体大纲？一般开设的课是以实用为主还是以拓宽知识的教材为主？

答：　　关于教师在职培训，香港现在还未发

11

展到有总体大纲的地步。

政府和私人机构均有为教师提供不同的在职培训课程。教师的美术教学培训，在政府方面主要由教育署辅导视学处美工中心负责，大抵在加强各种美术媒介的创作技巧和教学处理两方面均有平衡。私人机构方面（例如各个大学的校外进修学院和不同机构的成人教育部等），则会按照自己对市场需求的估计去开办课程，主要以实用技巧的学习为主。

问：　　　**香港美术教师的政治、经济地位如何？**

答：　　　由于香港的学校和社会大众一向不太注重美术教育，美术科在学校属于边缘科目，美术教师的地位普遍不高。

而美术教师属于教育专业的一份子，和世界其他先进国家一样，教师的社会地位一般都不太高，但是由于教师收入在香港的薪酬结构仍算中上水平，初级教师每月收入一万多至四万元，所以经济地位算是中产阶级。而中、小学的美术教师从事美术创作的人不多，能取得额外收入的更

12

少，所以收入水平和一般教师差别不大。

至于政治地位方面，教师一如其他香港市民，完全被赋予一切应有的政治和公民权利。

问： **香港高等美术教育的师资来源如何？**

答： 由于香港高等美术教育的发展规模不大，对高等师资的需求不算紧张，一般会通过向本地及海外招聘来满足要求。外来师资以前主要来自台湾及英国，现在则比较分散，有能者即可，相信 1997 年后可能会积极向中国大陆招聘。

问： **香港的美术教育或学校，是由什么机关领导和管理的？**

答： 香港预科以下程度的教育及学校管理主要由教育署负责，和美术教育对口的单位是教育署辅导视学处美工中心。

预科以上的教育则由各个院校自己决策和管理。政府只通过一个独立组织——大学拨款委员会（UGC），对受其资助的几所大学院校进行审批拨款，从而间接影响各高等院校的发展方向。

而社会上各个私立的美术院校和团体，则纯属商业或社团组织，只要符合商业运作和组织条例，便可自由发展，没有任何社会性或政治性限制。

至于公众的美术教育，政府则以一个文娱康乐的角度向公众提供不同的美术文化服务，例如香港市政局的文化小组和艺术馆的艺术活动和展览，区城市政局的文化小组和博物馆的推广活动等。而整体的统筹则由文康广播科负责。（对此在笔者的《香港艺术政策反思》一文已有详述）。

问：　美术督学是怎样分工的，美工中心有什么职能？

答：　美工中心是负责香港整体美术教育发展的行政机构，属教育署辅导视学处辖下的一个科目教学辅导小组。

美工中心的美术督学主要负责中小学美术教育的视学工作，其次便是在职教师培训的安排、教具、教材的资料整理和课程修订的咨询建议等。

（有关这部分内容更详细的情况，请参阅附录一至五）

附录一　各阶段美术教学的目的

中一至中三美术与设计的教学目标

本课程虽然是基于承认大多数学生不会以美术与设计作为终身职业的观点而编撰的，但是就教育观点来说，使学生能通过观察、触摸和运用简单技巧去尝试创作的学习过程却是非常重要的。同时这种尝试创作的学习过程在其它学科中的重要性亦不容忽视。

中四与中五的美术与设计科教学目标

正如中一至中三的美术与设计科课程，中四及中五的课程也特别注重平面和立体两方面的设计基础。这两方面在本课程所提议的各美术与设计范畴中，都有关联。

这些广泛的建议单元，学生可以从中选择数种，在高中的阶段中尝试，作较深入的探讨。学生除了每周四小时的美术课外，更可以有独立的美术活动时间。无论是完成实际的设计或是发挥想象力，在绘画与素描中，都应鼓励学生运用抒写个人的表现技法。

高级补充程度（预科）美术与设计科的教学宗旨（As Level）

美术与设计教育的主要宗旨是多样化的，包括：

（1）培育学生的创作力和增进他们的美学修养；

（2）培美学生分析、批判和独立地思考，及理性地解决视觉问题的能力；

（3）帮助学生探索视觉造形上的概念、法则和逻辑；

（4）加强学生在美术及设计中，对视觉认知，处理媒介、物料和技巧的能力；

（5）培育学生对香港东西文化交汇的关注，及对中西美术的了解和欣赏。

附录二　各阶段美术教育的课程大纲

中一至中三美术与设计课程大纲

基本设计

素描

绘画

雕塑

立体设计

陶艺

印刷品设计

手工艺

书法

美术欣赏

中四与中五美术与设计科课程大纲

1. 素描

2. 绘画

3. 雕塑

4. 立体设计

5. 陶艺

6. 版画

7. 平面设计

8. 图案设计

9. 刺绣

10. 书法

11. 美术史

高级补充程度、美术与设计科课程内容

第一部　美术创作

第一节　自我表现的美术

附录三 美育历程

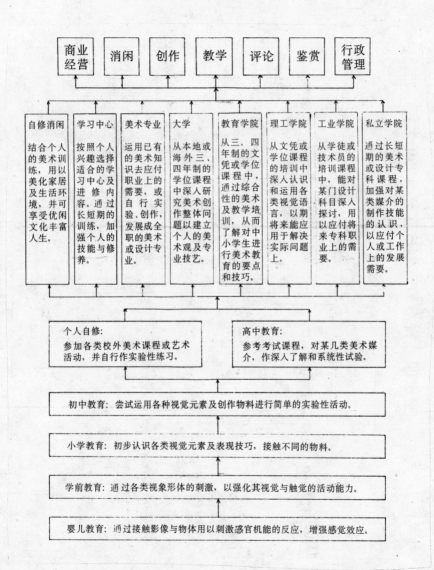

商业经营	消闲	创作	教学	评论	鉴赏	行政管理

自修消闲
结合个人的美术训练，用以美化家居及生活环境，并可享受优闲文化丰富人生。

学习中心
按照个人兴趣选择适合的学习中心及进修内容。通过长短期的训练，加强个人的技能与修养。

美术专业
运用已有的美术知识去应付职业上的需要，或自行实验、创作，发展成全职的美术或设计专业。

大学
从本地或海外三、四年制的学位课程中深入研究美术创作整体问题以建立个人的美术观及专业技艺。

教育学院
从三、四年制的文凭或学位课程中，通过综合性的美术及教学培训，从而了解对中小学生进行美术教育的要点和技巧。

理工学院
从文凭或学位课程的培训中深入认识和运用各类视觉语言，以期将来能应用于解决实际问题上。

工业学院
从学徒或技术员的培训课程中，能对某门设计科目深入探讨，用以应付将来专科职业上的需要。

私立学院
通过长短期的美术或设计专科课程，加强对某类媒介的制作技能的认识，以应付个人或工作上的发展需要。

个人自修：
参加各类校外美术课程或艺术活动，并自行作实验性练习。

高中教育：
参考考试课程，对某几类美术媒介，作深入了解和系统性试验。

初中教育： 尝试运用各种视觉元素及创作物料进行简单的实验性活动。

小学教育： 初步认识各类视觉元素及表现技巧，接触不同的物料。

学前教育： 通过各类视象形体的刺激，以强化其视觉与触觉的活动能力。

婴儿教育： 通过接触影像与物体用以刺激感官机能的反应，增强感觉效应。

附录四　香港教育制度图示（1989年）

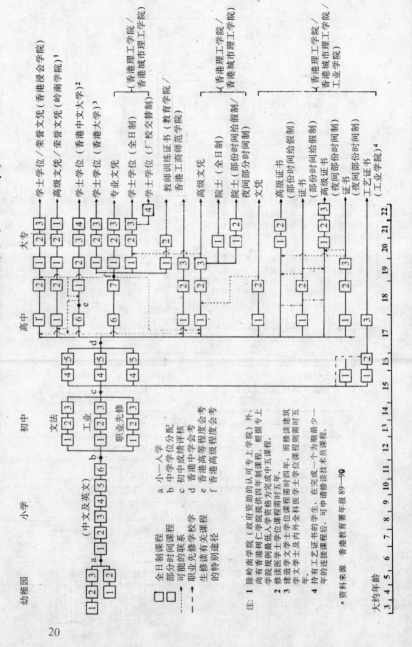

注：
1 除岭南学院（政府资助的认可专上学院）外，尚有香港浸会学院仁学院提供四年制课程。根据专上学院规例规定最低入学资格为完成中五级。
2 修读该学士学位课程需时四年，而修读该学位课程则需时五年。
3 建造学文学士学位课程需时五年，学文学士及内外全科医学士学位课程需时最少一年的连接课程后，在完成一个为期最少一年的连接课程后，可申请修读技术员课程。
4 持有工艺证书的学生，在完成一个为期最少一年的连接课程后，可申请修读技术员课程。

* 资料来源　香港教育署年报89—90

a　小一入学
b　中学学位分配
c　初中成绩评核
d　香港中学会考
e　香港高等程度会考
f　香港高级程度会考

□　全日制课程
▭　部分时间课程
- - -　可能的联系
▭　职业先修学校学生修读有关课程的特别途径

大约年龄　3 4 5 6 7 8 9 10 11 12 13 14 15 16 17 18 19 20 21 22

20

附录五 香港教育署行政组织图示(1989年).

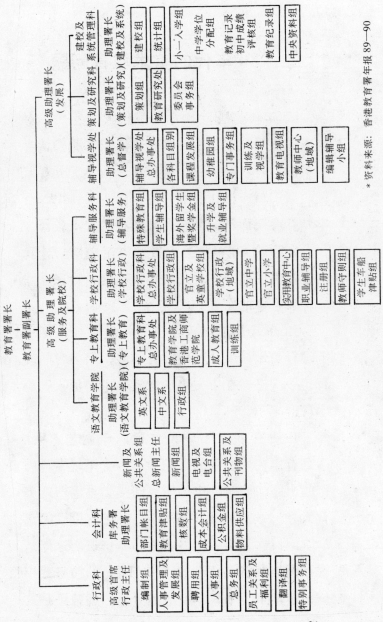

教育署署长

教育署副署长

* 资料来源:香港教育署年报 89—90

21

二、80 年代的美术教育问题

80 年代是香港教育变革很大的年代，对将来的发展也起了指导性作用。假如我们认为完美的教育，必须德、智、体、群、美五育兼顾的话，就应该让我们好好检讨一下在中、小学及社会层面，向来较为被忽视的美术教育。

在评论 80 年代美术教育概况之前，让我们先粗略回顾一下近几十年来，这科目在香港教育体系中的发展。

50 年代初期，香港已有一些学校在课堂上进行美术教学。虽然数目不多，但当时的教育司署，已经在中文中学会考卷中，加入了美术科。

1959 年新亚书院设立了四年制艺术系，于是有志艺术发展的人便多了一个正规专科进修的出路，同时这个场所也间接为香港造就美育人才。政府到了 1969 年，也在葛量洪师范学院，设立了第一个美术教师专修班，这即是现在高级师资训练课程（ACTE）的前身。相信很多从事美术教学的活跃分子，都曾经是这个课程的学员。

60 年代中期，本港美育训练，也开始引入现代设计概念，但当时仍未有较常规的训练课程，只是由两所大学的校外进修部，开办了美术和设计课程，替香港培育了不少设计家和艺术家。其中很多学员现在已成为本港艺术圈的知名人士。现时有开办设计科学位课程的理工学院，也是在 70 年代初期就已经有设计课程教授，并且发展成为培育现代设计人才的重点地方。

香港大学本部，迟至 1979 年，才有艺术系成立，并且只偏重艺术史和艺术理论的研究，实际从事艺术创作的比重很少，这或许是创办者的特意设计。同年，李惠利工业学院开办了不同类型的设计课程，接受中五专业及在职青年报读，成为中等美育训练的一大环节。

然而反观基层美育的情况却不太理想。因为无论中小学，初期仍未有课程颁布，所以教学谈不上有明确目标和进度。教学内容以绘画为主，所以叫做"图画堂"，一些则兼教劳作，故又叫"手工堂"。至于教材拟定和练习取向，则全看老师的个人擅长和喜好。由于当时大部分美术教师都是由一些所谓画家和业余艺术家

23

兼任，故此学生所接受的只能是流于技术训练而谈不上正规和有效的美术教育。

直到 1967 年，教育司署才颁布小学美术及劳作科课程纲要，开始对基础美育的目标及教学原则，有了初步界定。例如着重培育学生的创作能力和审美能力，要求教授学生能大胆用笔，毋须拘泥于形式，注意运用颜色效果，以及摒弃临摹及不鼓励采用现成教材等。

边缘学科的困境

教育署所颁布的美术科课程纲要，一向都以一种建议课程的性质出现，并没有要求学校切实施行。甚至在课程小册子中还加注明："本课程适用于政府小学，并提供其他小学采用。"惟采用与否，并无限制，于是各校亦可选用经教育司批准（由某负责人监管违例情况）之其他美术及劳作教材。

一门边缘学科，在没有足够的行政规范支持下，又怎能发挥应有的教育效果。

或许 30 岁以上的读者，还会记得以前上美术课时，十居其九都是"自由画"。而且不论你就读哪一年级，遇上过年过节，必定都是应节的画类。一只复活蛋，第一年你可能会充满热诚去努力绘画、装饰，但若是年年如是，很多学生便会抗拒再重复这种无意义的"奴役"。在这种课程偏狭及教学敷衍的环境下，可能埋没了很多人的创作意欲和潜能，间接损害了美育发展的支持力量。

比这更甚的还有"依样画葫芦"——老师先张贴一些范画（很多时都只有一张），然后吩咐学生依"本"临摹仿做，谁最近似，便会评为高分。很多时又会分派形式单一的现成教材，由学生规规矩矩地照"样"大量复制。

上述这些完全违反教育署精英所建议的美育原则的教学方案，并非是少数两三所学校，而是普遍存在的现象。虽然1971年，教育署已成立美工中心，通过辅导视学工作，全面统筹及支援本港基础美育的发展，但奈何没有解决到人手和决策权问题，还是让这些缺失了，年年重复出现，继续损害青少年的美育发展。

大家试想想，假如基础美育失效，结果将会妨碍香港在美术及设计方面的发展。我们经常批评香港的产品发展，只有制造方面、翻版方面的人才而没有设计人才，或许今后要在基础美育方面努力改善，而非盲目扩充中、高等学位。

因循教学何时了

现在让我们再看看 80 年代，美术教育有没有一些实质的进展。由于 1972 年，教育署已成立课程发展委员会 (Curriculum Development Committee) 下设各科中小学课程委员会 (Subject Committee)，在 1981 年便颁布了新的小学美劳科课程纲要，将"图画堂"、"劳作堂"的课程，合并为图画制作、基本设计、版画制作、立体制作及美术欣赏五类媒介教材，并且对教学目的、授课节数、教学编订、教材提供等，作出更为完整和详细的指导。

1982 年，课程发展委员会亦将 1975 年所公报的中一至中三，美术及设计科暂行课程 (Provisional Syllabus) 确定为建议课程 (Suggested Syuabus)。中四、中五的会考范围课程纲要亦在同年颁布。基于希望学习内容在各阶段能够衔接，因此初中课程范围涵盖了多类视艺范畴和媒介 (Visual Art Area and Medium)。

从所颁布的中、小学课程纲要来看，理论上 80 年代的中、小学生，应该会接受到较有系统和多元发展的美育训练。然而，一项既定的课程设计，最终还需要在教学上能切实施行，才能发挥预计的教学效果。所以单凭课程的改进，而没有设法在校政和师资上去配合，教学质素便会很参差，最后，学科的成效评估便不能有效和公平进行。

很可惜，在80年代，我们看到美术科课堂教学，仍然存在着许多六七十年代以前的陋习。

在小学里，有不少校长仍视美劳教学为闲科，一来可以默许老师挪用去教其他学科，二来又可随意分配美劳节数给予意属的老师（每人两三节）用作"抖气堂"（歇息堂）。于是便会弄出一所24个班的小学，竟可以有20位美术老师，而且这些任教美劳的老师，还可能每年轮流替换，人人有份。另一方面，其中没有接受任何美术教学训练者更会超过全校教师半数。因此任凭精英们所设计的课程如何精确完善，到头来必然会被这种偏差的行政安排，弄得支离破碎。而且纵使教育署能年年开办美劳教师进修训练课程，以目前招生人数和课程密度，恐怕到下一世纪，也不可以达至"全民皆兵"。

笔者认为，除了行政和师资的缺失外，教

师对教学观念的误解，更是教学的致命伤。新的课程纲要颁布已超过 10 年，但仍有很多老师将美劳教学，因循旧制分为"图画堂"和"劳作堂"轮流施教。或者有一部分知道现在要求美劳合一，于是乎便将绘画教材加入一点折纸剪贴，或是将劳作教材增加一点上色、彩绘，便以为合乎要求，而对何谓视艺媒介的特性一无所知。由此看出一般老师对课程要旨没有充分理解。当然，到现在还未能发展出自行编订设计教材，要年年依赖材料供应社提供规范划一的手工教材，更属不能原谅的疏懒。

至于中学方面，亦有很多难题。师资方面虽然任教老师大多数都受过专科教学训练，同时兼课情况（美术课少于 10 节）较少，而且教学岗位固定，甚少轮流任教。但因为课程包括的类型和重点非常多，任教老师必须对各个范畴和媒介有基本认识，才能把握住课程所推介的内容和教学重点，去拟订出均衡和系统化的课堂教学。

美术教学的缺失

让我们再看看师训园地的情况又是如何。到现在为止，教育学院在招收美术科学生时，仍未严格要求学生须具备一定的艺术修养或训练基础。可能有时为了方便行政安排，甚至院方会逼使美术组沦为其他科目"额满见遗"者的"集中营"。由此亦可看出，在精英主义作祟下，连师范教育的行政人员，也未能接受美育专业化这个概念。

在课程编排上，80年代的师资训练，非常着重一般性教育概念的指导，以及基础中英语文培训，以致专业训练的时间严重不足，不能就将来要负责的课程范畴，逐一概括研习。同时导师还受一些偏颇的行政观念，例如通才、通识等所影响，不能根据自己的专长去分类施教。间接导致课程零散，每一教学单元均有"时不予我"之概，最终逼使学员将专科教育生吞活剥，水过鸭背。这种师资训练的缺失，似乎没有任何人需要负责。大家唯有寄望将来的在职训练（On Job Training）会出现戏剧性的转机。

师范教育既已形成一种天才训练的处境，课堂美育也难免变质为天才教学（学生已懂的便懂，不懂的便依然不懂）。所以我们可以发现，学生虽然上了九年美术课，通常都不能描述浮雕和雕塑各有什么特色，至于质感、明暗、结构性图案也未有所闻。只知道画过图画、造过灯笼、设计过圣诞卡等。当然更有很多人对美术课早已失去兴趣。

简单来说，我们可以看出经过三四十年的进展，我们的美术教育，可以说仅进展到美术活动和天才训练阶段，尚未能将美术教育发展成为培养美感，薰陶生活以及体系完整，教学严谨、评估明确的学科（并非术科）。

另一方面，反观中学美术教师的地位，直到 80 年代，也没有因为较为专业而有所提升。虽然行内近几年也容许加入一些学位教席，但仍未能在行政上取得较有利的地位去推动美育。在仍以文凭教师为主流的情况下，除了少数极出色的天才教师，能在校内资源及权力分配上受重视外，大部分仍是自命人微言轻，默默耕耘的一群。

我们所面对的工作，除了一般性平均分配的行政和活动小组外，校内所有大小活动（School Function)，无论水陆运动会，还是圣诞联欢、毕业典礼、开放日等，甚至校服、校簿设计、校内标志及装饰摆设，这些非教学性事务，通通都会堆到美术教师头上。有些人就曾经不堪"奴役"，宁愿被人划入科学科或是历史科，总比被人硬捧为艺术家来得舒服。可知要当一位称职的美术科老师，虽然不用出卷改簿，但事前事后的繁琐功夫，一点也不会轻松。

平稳发展的背后

从以上的实况透视，也可粗略看出，香港的美术教育，的确存在很多需要解决的难题，但从一些数量化的资料去衡量，也可反映出政府也有推动美育的诚意。

现在全港千多所小学，均设有教育署建议的美劳科。而四百多所中学，中一至中三约有九成开设美术及设计科，中四及中五的会考课程也超过六成开设。比起70年代数目增加了两三倍。至于预科课程，因为适合和愿意教授的师资人数不足，所以开办的学校则寥寥可数。另外随着新校舍的建立，以及政府的积极资助，使得设有标准规格美术室的学校，在80年代，更有数倍的增加。

除了基本设备的投资外，政府每年更为上美术课的中学生，提供本科津贴。小学美劳科现时在官立学校可由一般经费支付物料，津贴学校及私校则可向学生收费代购物料。初中学生每人受政府资助的材料津贴，也由 1978 年的 10 元，增至现时的 20 元，高中生则由 15 元增至 30 元，全港超过 20 万中学生受惠。

为了照顾私立学校美育的正常发展，教育署早在 1986 年，便尝试开设"实用教育中心"，为私立学校学生免费提供师资和教学场地，以确保所有适龄学生均有接受正规美术教育的权利。另外在一群热心的美术教育工作者的大力鼓吹下，由马会（英皇御准香港赛马会）全力捐助，政府资助办学及运营费用的沙田体艺中学，亦在 1989 年 9 月开课，希望为一些有美术创作潜质的学生，提供更全面、更专业的训练机会，以替香港栽培美术人才。这也是 80 年代，美术教育界一大盛事。

至于在教育署美术科的推动下，还可以看到，每年参加中学本科会考的人数，已由 80 年代初的四千多人，增至现在超过一万人。所以假如不太考究素质和意义问题，我们大可乐观地去接受这种安稳的发展情况。

然而，一位负责任的教育行政人员，必须意识到就是因为愈来愈多的人有机会接受美术教育，所以更应该小心计划全面性教学发展，制订好一些工作指标（政府机构最大的缺点，

32

可能在于没有制定明确的工作指标），不要光满足一些数字的增长。须知，这种诚意与平稳增长的背后，可能会完全得不到相应的教育效果。我们有否反省，这十年所增加的资源，相对于学生人数的增加和扣除通货膨胀因素，每个学生的实际得益，可能已变成杯水车薪；会考生本科人数的增加，最后更可能成为平均水准下降的罪魁。

为了避免制造更多教育失败的方案，我们好应该趁着这个变革时代，切实正视问题及寻求可行的解决方法。

究本寻源

环顾香港美术教育现况，财政资源和创作技巧培训并非急需解决的问题。现时政府的资助以及教材、物料的提供，基本上可算足够。笔者认为要改革美术教育，使美育能充分发挥应有的教育功能，最重要的是能让教育行政人员和一线教师准确理解美术教育的真正含意，和在现代社会可以作出的贡献，这样才可以逐步建立美术教师的自尊，以及确立本科在教育体系中的应有地位。

美术教学的目的，基本上如中小学课程纲

要的描述：

　　"培养儿童对优美事物的欣赏能力，发展他们想象创作的潜能，以求达到陶冶性情，美化生活的效果。

　　"根据儿童的身心发展，通过适当的练习活动，使其认识造形艺术的创作概念及在材料的性质和工具操作上提供各种探讨、试验机会，以表达其对事物的感受。

　　"通过对自然事物的欣赏和生活环境的体会，培养儿童敏锐的观察力，增进其对物质世界和自然现象的美术特质和相互关系的认识。

　　"为学生提供一般视觉和触觉方面的教育，并希望他们乐于参与创作活动，从而激发学生的想象力和加强他们的批判能力"。

　　从以上描述可以看出，任何美术老师，都应该感觉到自己正在教授和其他学科同样重要的知识内涵。但可惜大部分人不但没有意识到这个科目在教育上存在的优点，反而在评审学生的学习表现上，一如其他科目，太过注重最后成品（Final Product）的好坏。对于学生在练习过程中有没有知识、概念或技巧的得益，以及个人感受，都统统忽略掉。一些形式化的要求如"靓"、"好"、"成熟"、"物料罕见"、

"手工精细"等，便成为绩分高低的准则。当然，如果教学认真、准备充足、讲解详细、要求明确、提示恰当，即使教学目的含糊或是进度设计没有系统，学生仍然会充分享受所提供的美术活动。这种情况正如最近美国教育检讨的一句结语——"感觉不错，效果不佳。"

由此可见一些看似简单、老生常谈的道理，仍然需要多讲、多讨论。例如开设教学研讨班，或是进度编写工作室等去帮助教师自我完善。虽然教学理念或教育哲学不能取得即时效果，但大家不要忘记，它正是老师们思想行为的主导。有了正确的方针，不论个人能力发挥程度如何，都会朝着正确美好的目标进展，避免偏差。最后一些所谓分类教育、抗衡文化、悠闲教育、视像理解、右脑训练、传意概念等美育论题才可以逐步带引出来。

建立认受性

我们必须知道，任何一个学科的教学目的确立后，最终还是要在教学过程中能够实现出来，才能发挥应有的教育效果。但现实中美术教育却面临专科师资不足以及教学素质难于评估这两大难题。我相信一项条理清晰，规范明确的课程指引，可以有助教与学两方面的水平提高，还可以进一步建立科目的认受性。

简单一点的应急方法，首先是改善现在中小学课程的编写方式，将一些空泛的陈述改为着眼于各种视艺媒介的学习重点，加以具体提示，各级进度要有渐进式的系统性发展。并且要将所有教学内容，不避细碎，尽可能列出需要教授的要点、依深浅程度编排在各级的课程大纲内，亦即包含"行为性目标"和"非行为性目标"的描述拟定，以方便施教时的学习和评审。如此一来才可以有利于进度的监察，以确保学生接受到起码的美育训练；其次更可辅助一大群虽然没有接受专科教学训练，但是热心负责的老师，得以知所适从，去搜集适当的资料，改善教学素质。

现时在英国开始推行的国家课程（National Curriculum），对于教学目标，所作出的阶段性确定，以及设计评审准则，其中的精神非常值得本科课程改革者借鉴。虽然有些人会认为美术科的本质较倾向主观感受与及感性导向，不大适合推行标准参照测验（Criteria Reference Test），这是由于很多美术教师经常将美术教学和美术创作混淆所产生的心理障碍，其实任何基础教育，都可以在各阶段进行适当的成绩测试。

1987 年港大更改招新生标准，在美术教育界所引起的风波，正好暴露出这个科目的课程设计假如没有明确规范及评鉴机制，无论行内同事如何努力耕耘，也很难得到广泛性的制度认可。故此要确保美术教育的长远发展，对教学内容加以规范以及加入笔试考核形式，似是大势所趋。

较为理想的做法，我认为可以参考邻近地区的美术教学资料，筛选出一些适合香港实际情况的内容，再决定哪一部分是所有学生必须认识和练习的，例如色相、对比色、明度、虚实、质感、点线面的运用，浮雕制作以及部分美术史等等，定为基本范畴（Basic Plan），规定所有学校必须完全教授，并且采用连续性成绩评核，再加上阶段性笔试，以评估学生的实际表现。另外一部分深化内容，例如各种手工艺的认识、各种美术设计的练习、书法艺术、电脑绘画等等，可以定为延展范畴（Exteusional Plan），教师可以根据学生的程度、兴趣、和时间去施教，并且可以考虑毋须列入评核范围内。当然学生所认识的事物增多，应该会加强其评核时的表现，也正好体现了多劳多得的原则。

薪火相传

可能很多美术教师会有忧虑，假如美术课程变得规范化，可能会与美术教育强调创作、变化和弹性处理的原则有冲突。其实这也是某种程度的误解。因为我们要规范的只是教学重点和评核方式，并非教材和教学法。老师在拟定主题和课堂处理仍然有很大的弹性，而且有"必教"和"选教"的划分，老师在时间运用上会较为充裕，同时各所学校在确保所有学生接受完应有的教育内容后，可以发展各自独特的延展创作，以建立个别不同的教学特色。

其实现在美术教师训练、也可采用"必修"与"选修"课程这个概念。在必修课程中必须强化课程研究、进度编写、各种视艺媒介的本质探讨、课堂作业处理、美术史概览和评核形式的研究等。而在两年或三年的进修课程中，可以容许学生只选择两三种媒介深入研习，并且毕业展上除了展出艺术创作，以表现自己的美术修养外，应该还须制作相应的教材，以表现其对教学概念方面的了解。希望接受教师训练的同学，能够了解到美术教师的角色和训练，与设计家和艺术家应该有所不同，假如将有限的时间消磨于毕业展的创作上，而忽略教学技法和课程理解，最后很可能会落入两面不讨好的处境中，不利将来要面对的工作。

我们是通过美术去进行教育，我们希望学生能充分享受各种课堂练习，在不知不觉中强化本身的学习能力。我们知道有百分之一的人有可能成为艺术家，但他们却需要其余百分之九十九的艺术爱好者、艺术教师、艺评人、鉴赏家、艺术行政人员等去支持。美术教育在现社会已"沦为"一种抗衡文化、绿色文化，所以美术教师的确是任重道远。

我们要求美育改革，其实也包含了要求教育改革。在改革的过程中，除了有赖一线教师坚守岗位，克尽职责外，我们还需要有一个有代表性的行内组织去维护教师权益，否则多年来的根本成果，很容易被一些新政策所摧毁。港大事件所引起的震荡，希望能够使得行内产生足够的凝聚力，从速去考虑这个问题。将现存所有视艺与美育组织结合成行内大联盟，将一个较具代表性和学术性的组织重新发展，建立一个全新的美术教师组织等均是可行的方法。

如果要全面提高美术教育的效果和地位，我们还有很多问题可以讨论，例如教育学院与视学处的联系，中央资源中心的建立、规范课程的推行、学校行政的配合、共同认可的资格制度以及社会的舆论等，都需要更多有识之士的热烈讨论和回应，但愿能够不断有人对香港的美术教育作出贡献，以使薪火相传。

三、 内容比形式更重要 ——
香港美术教育的不足与改进

　　每一位美术教师都应该明白，他们所从事的活动，实是一种基础教育的工作。相对其他科目，区别只在于所选择的教材，可能大部分会集中在视觉艺术范畴内。所以，简单地说，老师在美术课堂上，是通过美育去进行教育 (Education Through Art) 的。

　　有很多充满工作热诚的美术教师，很希望能努力去确立"美术"这一科在教育上的地位。笔者认为，要实现这个理想，首先我们需要证明，学生通过对美术教材的学习，除了可以提高对美术媒介和创作技巧的认识外，也同时能够掌握在每一个成长阶段应有的学习能力和表现。正如在美术课程纲要中所提及："通过美术教育，培养儿童良好的学习态度，以期达成各阶段的教育目标。"

概念的混淆

　　很可惜，通过平日观察所得，老师们经常会将美术活动、美术创作和美术教学三者的概念和着重点混淆，所以弄得香港美术教育的效果低劣和发展停滞不前。最明显一点，很多老师过分着重制作技巧的教授，认为多讲解有关技术与制作过程，学生才可以掌握该种教材的创作，才能制造出一如范作的功课。当然如果他们所设计的课程较为均衡和多类化，学生仍然有机会接触到不同的媒介和物料，能得到较全面的学习训练。但现实情况却是大部分教师都可能会迁就自己所擅长的美术类型去取材，因此课程设计每每变得很狭窄，学生只是被动地去适应课堂教学，最后便是形式化地去复制教师所展示的范作，教学效果无从产生。

另外，有众多的美术教师，喜欢标榜自由创作。在课堂教学上，往往只将练习类型简单介绍，要求也很空泛。很少教师肯花时间和学生详细讨论教材的类型、特点、创作的要求和各种可能运用的表现手法。他们似乎忘记了所面对的毕竟还是一群没有创作基础的学生，而在这种误解自由创作的教学观念底下，学生便只有从小一开始，长期在半懂不懂的情况下，从事一些他们并不熟悉的活动。不过假如物料运用适当，练习时间足够，学习环境轻松，学生们还可以享受这种美术活动带来的乐趣。然而，事实上很多时学生都要自行张罗练习材料，并且占用大量课外时间去完成教师指定的习作，所以难怪有些学生会觉得上美术课是一件苦差，同时创作兴趣更是逐年递减。

观念的转变

我想，美术教育现存问题的确非常严重，但要改善美术教学的效果，发挥美术教育应有的功能，其实方法不会太难，所需要的只是老师自身的观念转变，多于去将行政架构和教师训练大事改革。老师们要明了自己的工作，只是运用美术教材去教育学生，以达到和其他科目发挥同等教育成效。例如强化学生的观察能力、想象能力、手脑协调能力；提供更多让学生发展创作能力的机会，和引领学生关注社会历史的发展，并且培养出一种评赏事物的能力。

如果美术教师能反复思考课程纲要对美术教学目标的阐释，便可知道本科所针对的也是全面性的教育问题，所以教师必须确保所教授的内容层面要阔，更不应只集中于制作技术的教授上。从笔者以往的教学经验中可以看出，我们的学生最多只能有百分之一，将来会发展

43

成为艺术家，但他们的存在，仍需要其余百分之九十九的评论家、作家、鉴赏家、行政人员、技术人员、教师和广大的艺术爱好者去支持。

因此，我们的教学对象应该包容各类创作能力和表现风格的学生；我们的课程设计应该让学生学习到各个范畴的知识、理论、概念、技巧和历史发展，这也是美国大力推介的以科目为本位的美术课程设计（Discipline-Based Art Education）DBAE 所强调的几个重点。另外，我们更应该开始重视学生全面能力的评估，而不能再单靠最后制成品的好坏，便判定学生创作能力的优劣。

如果想将美术发展成为较有系统的学科，我认为教师首先需要学会分析学生作品的好坏，并且明白背后所涉及的众多因素。

教学效果剖析

现时香港中小学美术教育需要改善的地方非常多。就以中小学表现较弱的立体造型教学为例，虽然在小学美术课上，所安排的立体造型制作（或者通常称作劳作教材）数目会相当多，可是却看不到有理想的教学成效。普遍所

44

见，教师会将大部分教材设计，集中在一般性手工艺制作上，而教师也刻意地只利用工艺品的趣味性去吸引学生，很少让学生从讨论中触及立体造型练习的各种特点。最起码连所使用物料的性质和这些物料与教材造型的关系也不清楚。这种现象反映出教师没有顾及基本教学要求。这就是说无论美术教育的目标和一般性教育目标都未能达成。

范例研究

现在试举一个中、小学最典型和常用的立体制作教材——木衣夹饰物为例。当利用这个教材在课堂施教时，老师很少和学生讨论为什么要用木衣夹。理论上一些塑胶衣夹也同样可以随意粘合，也可以排列整齐去建立饰物造型，而且还可以选择不同的鲜艳颜色加以配衬，毋须耗费学生时间在上色的工序上。

或许，最初设计这种教材，其中有一项教学目标是要让学生认识木夹本身是一种自然界的物质，可以予人一种亲切和熟悉的感觉。再者木质物料有吸水性能，比塑胶更能稳固粘合，学生可以用普通的粘合剂进行练习，因此课堂安全问题较易处理。木夹的结构也比较简单，学生可轻易随意分割、拼砌，这几个特点，都是在教学上可以带引出来的物料常识，但老师们通常都一一忽略。

从另一个教学观点来分析，木夹教材的出现，原先也是受到所谓"废物利用"这种创作观念影响。希望学生能够运用生活环境四周的剩余物资，加以利用去进行造型创作，从而达到减少废物，美化生活环境的目的，可是这种很有意义的创作背境、常识和环保观念，却很少被老师在课堂上加以传递。相反，教师只是很形式化地利用从物料供应商买回来的全新木夹，然后在堂上展示几款范作，便指示学生照样"生产"。甚至每每未能提供足够时间让学生在课室上完成，要吩咐学生带回家中制作。于是在没有充分的讨论和现场指导下，大概只有那些工作较为认真的学生还可以"依样画葫芦"，或是找人协助完成，其他大部分学生便可能只是在制造废物。我们可以看到这也是大多数立体制作的回收率、成功率偏低的原因。

注意教学内容

由此可见，许多教师都是注重形式多于内容，未能掌握美术教学可以灵活变通的特点，不懂利用本科课程设计的弹性和发挥时间运用的自由度去产生理想教学效果。例如木夹除了可以拼砌作装饰物外，其实也可以用作图案设计教学，可以训练学生学习立体的结构变化，可以实验各种质感效果、体会色彩配衬原理以及进行有关物料和视觉观感两者关系的实验。同时站在教学立场，也没有必要将这些工序复杂的教材，规定在一两星期内的课时去完成。较理想的处理应该详细考虑各种相关的重点和教学要求，按照发展层次分部施教，最重要的是学生能有足够时间和常识，去充分了解教材的特性和练习方向，而不是盲目的模仿单一形式的制作。

分类教学方式

再以这个木夹造型为例，可以先和学生讨论木夹物料的特性，然后探讨这种物料在造型设计上可以出现的变化；让学生事前绘画心目中希望尝试制作的图形式样。甚至用木夹直接压印造型，也是一种很有效果的教学安排。当学生有了草图后再去练习拼砌立体造型，并从中检查各种造型在结构上的可靠性，这种造型练习的重要环节经常被教师忽略。其次教师对所谓"自由创作"也有误解，以为只需提供练习主题，任由学生随意制作，才能体现自由创作精神。因此想再重申一点，老师们必须接受中小学美术教育实在是一种基础教学训练，而所有教学设计，都应有清楚具体的重心和练习目标，不能将美术教学和艺术创作的观念混淆。老师不妨在练习时为学生提供统一具体的主题，例如昆虫世界、趣怪鱼、奇伟的树、或者是结构造型、渐变图案等等目标，这样可使学生能有一个创作方向去集中思考，而避免胡思乱想浪费时间。到了最后将全班学生作品展示时，更可以让他们发现原来同一个主题，可以有不同的造型表现，这也是立体制作教学另一小重要目标，如果主题的变化空间够大，是不会妨碍学生的自由思考的。

如果想再深入发展立体造型教学的层次，物料的表面处理技巧，亦是可以作为学习的重点，现在把物料表面用颜色平涂，只是一种较为传统的处理方法，有时若改用现成颜色物料，可能更省时有效。其实在不同的班级，可以考虑介绍各种配合学生能力的处理技巧，例如彩绘、点绘、磨滑、加光、压痕、刮纹和染色等等，以丰富学生的视觉经验。这才能使学

生对立体造型及物料特性有更全面、更透彻的
认识。

中学教学概况

中学的美术教学，对老师和学生两方面的
要求固然都会较高，同时因为课程设计比小学
可能更为细致分类（例如立体造型会根据常见
的媒介去分类），如果老师仍然强调教授制作
技巧，在面对众多创作媒介的情况下，再加上
设备和资源的限制，去进行立体造型教学，要
不是工作吃力，便是形式化敷衍一番。而就观
察所得，现行中学的立体造型教学，无论是纯
艺术创作、立体设计和手工艺练习，都显得非
常散乱和欠效果。

造成上述现象的原因可能是教师仍然沿用
小学课程设计的模式，将立体教学分割为细小
单独的教材（例如花灯制作、公司购物袋设
计、陶塑花瓶、纸粘土人物等等），简单地要
求学生能够掌握教师所示范的基本制作技巧，
去完成课堂上所展示的"模器"。出现这种中小
学教师习以为常的处理手法，皆因大家接受的
师资训练没有多大分别，工作时间非常繁忙，
也不习惯事前静下来好好思考和计划一下可行

的教学目标，当然更谈不上要学生了解"平面和立体"、"平面形和立体形"、"浮雕和圆雕"、"雕刻和塑造"、"设计和创作"、"商品和工艺"等等相关性概念。纵使老师有足够的教学训练和技术指导，也只会将教学带向纯艺术创作路线发展，偏离美术教育固有的目标，有可能出现老师教学越认真，效果越坏的怪诞现象。

教学新方向

随着香港社会发展，现时学校的物质条件比六七十年代好很多，可供教师选择的教材也很丰富，物料价格也相对便宜，技术性参考资料亦非常充足，剩下来的教学问题只是教师的美术教育观念未能与社会发展并进，未能养成详细计划教学的习惯，教学风格仍逗留在形式化的制作活动中，没有认真注意教学内容的价值。教法三十年不变，多做少讲，讨论、分析、观察、意见表达、评价和欣赏的时间分配太少。练习类型更是和学生现实生活脱节。所谓好作品只是制作较为完整细致，但造型单调、意念陈旧、物料运用欠充分以及技巧幼嫩。

当然要将整个教学情况改变，会牵涉到教

育经费，师资训练、教师复修和专业评鉴等等复杂问题，一时间不可能有实质进展。但我们也可以考虑一些短期的解决方法。

首先是观念和习惯的改变，大家必须确切了解，所有教材都是一些教学媒体，美术教育的目的就是通过对这些媒体的认识，去让学生学习到一些基本做事能力（观察、思考、分析、表达和手脑协调能力）；明白简单艺术概念（空间、造型、质感）；认识历史发展过程（风格、流派、文明进化）；掌握基本创作技巧（雕、塑、拼合、堆砌、绘画）以及感觉不同物料的特性（软、硬、平滑、粗糙、弹性……）等等。这些都是可行的教学重点。再者，教师也不应妄顾教授时间的限制，一味催促学生去做完整的艺术创作。

另一方面，老师们更应该认识到学生在学习过程中的工作表现，例如资料搜集、主题理解、意念表达、语言沟通、学习态度、应付问题的方式等，都应该多花时间予以教导，而并非只拿复制成品的好坏去评定学生的能力。同时容许和鼓励学生在同一主题的学习中，可以有各种不同的表达方式，这样才可以改变现时的习作形式太单调、意念陈旧等毛病。

发掘新媒介

最后笔者想谈一谈立体制作的取材问题。

现在一般学校所介绍的艺术媒介，例如木刻、石膏雕塑、包装设计、手工艺制作或废料堆砌等等，从学生创作角度考虑，表达意念的能力较为狭窄，同时每次所运用的物料类型比较单一，学生未能广泛认识不同物料之间的相互关系。但相反，在课堂练习时却对学生的技术要求和时间消耗都很大，于是每每造成投入大，效益低的现象，导致教学效果和创作表现两者都欠理想。

笔者认为，除了陶塑之外，现在在外国开始被广泛介绍的纤维艺术（Fabric Art），也是一种很适合中小学生的立体造型媒介。

当代纤维艺术（Contemporary Fabric Art）植根于传统的纺织工艺（Textile Handicraft），再由布料艺术（Fabric Art）蜕变出来，成为一种包容性很大的新媒介。

纤维艺术造形一般运用材料非常广泛，由普通的布匹、棉花、毛线、尼龙、丝质料、纸料、麻料、木料、胶料，以至丝带、泥土、珠粒、贝壳、缝制、金属线、导管等等都会接触

附录

年级	课题	教学目的	教学内容	节数	材料／工具运用
小四	纸浮雕构图	①让学生认识浮雕造型有高低起伏的特性; ②让学生掌握由平面纸张变成浮凸立体的技巧, 例如卷、折、搭、压等; ③认识平衡构图的基本形式, 例如空间、质感、色彩等图案。	①讨论平面形和立体形的分别(可用实物或图解); ②实验各种纸浮雕制作方式(示范); ③讨论各种纸浮雕组成平衡画面的因素, 例如重量、质感、空间、色彩等; ④设计构图; ⑤制作浮雕构图画; ⑥讨论各种画面效果。	2 1 1 2 1	白画纸 颜色纸 杂志纸 咭纸 剪刀 白胶浆
小五	吊饰	①认识用平面纸张制作立方体(例如正方、长方锥体、柱体)的技巧; ②认识各种串连方式; ③认识各种悬吊方式; ④认识空间平衡的控制技巧。	①分析用平面纸张制作立体的技巧。可用板画辅助解说; ②尝试制作各种大小立方体; ③介绍各种串连方式, 例如纸圈、幼线、结绳、立体互扣等(示范); ④讨论各种悬吊方式(板绘); ⑤吊饰制作; ⑥讨论各学生习作所表现的效果。	1 2 1 2 1	白画纸 颜色纸 杂志纸 咭纸 幼线／铁线 鱼丝 剪刀 白胶浆
小六	我的玩偶	①认识发泡胶的特性; ②学习发泡胶切割技巧;	①讨论发泡胶的特性, 例如剪、刻、屈和; ②示范各种发泡胶切割技巧;	1	发泡胶塑料 碎布／铁线

续表 1

年级	课题	教学目的	教学内容	节数	材料/工具运用
		③建立立体造型概念; ④介绍立体造型技巧; ⑤介绍各种上色技巧; ⑥灌输环保意识。	②利用发热线机; ③注意提示各种安全问题; ④讨论各种拼合方式,例如用铁丝串连、增加玩偶活动能力; ⑤讨论玩偶造型; ⑥研究收集所得物料的运用; ⑦拼砌玩偶; ⑧介绍各种上色技巧,例如彩绘、纸糊、用布扎等; ⑨上色工序; ⑩习作效果讨论。	1 1 2 1 2 1	广告彩 碎纸 刀、剪刀 白胶浆
中一	动物造型	①学习各类捆扎技巧; ②注意各类动物的立体造型,例如头、身躯、四肢、尾等; ③介绍基本雕塑概念。	①和学生讨论各种动物造型。(利用图片及实物玩具辅助讲解); ②介绍各种立体雕塑概念; ③介绍各种立体捆扎技巧; ④利用各种布碎或杂志纸制作动物造型; ⑤讨论各种造型表现。	1 1 2 1	碎布 杂志纸 棉绳、铁线 钳、剪刀

54

续表 2

年级	课题	教学目的	教学内容	节数	材料／工具运用
中二	扎染挂饰	①认识扎染技巧； ②复习各种颜色配材手法； ③认识用布料包扎立体，作为一种表面处理的技巧； ④复习吊饰造型概念。	①示范各种扎染技巧(利用图片及实物讲解)； ②指示颜色配材效果； ③制作扎染布料； ④讲解包扎立方体(可利用现成物品注意事项)； ⑤设计吊饰造型； ⑥制作吊饰； ⑦讨论作品的造型表现。	1 1 1 2 1	白洋布 染料 现成立方体 剪刀 白胶浆 鱼丝
中三	图腾柱	①学习建立大型柱体的技巧； ②复习浮雕与立体概念； ③让学生发挥立体造型的创作意念； ④练习各种物体表面上色技巧。	①介绍图腾柱造型特色(可用幻灯或图片辅助讲解)； ②讨论一些可用主题，例如小丑、面谱、原始符号等； ③讨论建立大型柱体的技巧，例如用纸盒堆叠、用圆筒包扎，或制作支架(可以分组制作)； ④制作图腾柱和附加表面浮雕； ⑤上色； ⑥讨论各种表现效果。	1 1 1 4 2 1	纸盒 木料 颜料 钻合剂 图画纸 装饰物料

55

到。至于涉及的制作技术更为广泛，由最传统的编织、缝纫、刺绣、结绳、以至拼贴、堆砌、粘合等等。纤维艺术家有时还会结合摄影、版画、绘画、电脑图象和声光效果在他们的作品中，以扩展纤维艺术的肌理表现和创作意念。

由于纤维物料很易在学生的日常生活环境中找到，可以使得教学变得更生活化，而且物料表现力强，成本低廉，可以降低资源的投入。如果适当运用剩余物料，还可以配合环保意识的推行。其次关于技术控制方面，因为大部分纤维物料都可以用简单的工具和粘合剂加以处理，因此大大减低教师和学生在技巧学习中所遇到的阻力，容易令学生获得成功感。

虽然纤维艺术在物料运用、造型设计和技巧学习上有各方面的优点，但施行时最重要的是还须配合明确的教学目标，有重点的练习主题和开放式创作辅导，才能收到多姿多彩的教学效果，所以笔者设计了一系列由小四至中三的教材（见附录），以供老师们参考、希望举一反三，使纤维艺术能在中小学广泛推行。

四、美术教育功能的探讨

对于美术（时下通称为视觉艺术），大家都会接受它是人类历史文化不可或缺的一部分。然而在我们的社会，特别是学校教育层面，美术却长期受到不合理的忽视。归根究底，其内在因素（Internal Determinants）有一部分是行内从业员的表现尚欠成熟，未有足够的专业成绩可以令大众察觉到美术对社会文化，经济以及教育的贡献。当然，这种内在缺失亦是由于种种外在因素（External Determinants）的长期制约所造成。例如社会对美术发展的投资不足、学校美术的目标过分狭窄，以及没有一套完整的培训体制。

对于改善美术发展的现况，笔者希望通过本文传达两种较为非传统（不是崭新）的思路。首先，对于文题，正确的理解重点是要探讨通过美术（或称视觉艺术）的传导，可以发挥的教育功能"（To educate people through Art）。另一种意念是想指出在 90 年代，各种社会现象的成因，关系错综复杂。要改善教育成效，已不能单单着眼在学校教育层面上，应该改变以前的偏执处理，要将所有教育问题的讨论和计划，拓展至社会教育层面。社会上各个视艺机构与组织所进行的活动要做到学校和社会互相沟通，互相支援。所以今后对"美术教育"的概念，应从整个社会的需要出发，并探求学校教育与社会教育的配合。这样学生的发展才有方向和出路，社会的资源才能有效利用，使普通大众（纳税人）对美术所能作出的贡献，更易感受和认同。从而避免出现香港美术发展由一小撮孤芳自赏的"艺术家"所把持的失衡现象。

在未对"美术教育的功能"提出个人看法之前，让我们先看看香港在这方面的人力资源。撇开素质的评审不谈，单从参与者的数目看，美术教育的从业员，可算是一支很庞大的队伍，说一句笑话，实在足以单独争取立法局功能组别的一个席位。单单在基础教育层面（小一至中三），已超过一万位从业员；高中、工业学院、专科学校、大专以及几所大学的相关成员，保守估计也有一千人。社会教育层面方面，虽然很难统计，但从存在的众多机构和团体，例如扩展营业的艺术馆，不断扩展的艺术中心，积极曝光的中华文化促进中心，以及周边性的两大校外课程，加上超过二百个的组织、学习中心和画苑等，我们已经可以感受到其实人才也不算少。大家或许不知，原来在艺术馆资料部有记录的本地艺术家，竟然也超过五百人之多。

如果包括在商业制作上，与视觉艺术有关的从业员，例如摄影、美术设计、广告创作、电影制作等等，相信符合笔者界定的美术教育从业员，连同上述两个范畴，人数肯定超过二万。故此本人深信如果业内能够寻求到一套发展的共同策略，实在很有条件将美术教育的地位逐步提升。

然而在计划任何策略之前，必须对问题的本质有概括的了解。我们要认识到在这个追求实效和功能的社会，要发展美术教育，便有要重新认识美术教育所能发挥的功能。笔者认为，美术教育之所以逐渐被社会大众忽视，最根本的原因在于无论是学校和社会教育层面的从业员，只认识到美术教育的一两项基本功能，例如常常强调美术可以成为一种表情达意的艺术语言，可以让创作者抒发内心感受。然而由幼稚园开始，到中学毕业，绝大部分人都未能好好认识和掌握这种语言的词汇和文法，更遑论进一步发展自己一套清晰的传意风格，以致很多前卫艺术家在表达上每每出现如某艺评人所说"语言和视象存在颇大的距离"，不能成为一种直接有效的沟通工具。直接的后果便是未能让大众看到视觉艺术在表情达意上独一无二的特性。更由于可以抒发感受的艺术媒介其实也不少，又难怪很多人不会考虑选择这种"未必有"表现力的美术语言。

另一种常被人高估的传统功能便是——"通过美术的创作和欣赏，可以培养出人的创造力"。但大家有否反问，在这个学理、科系膨胀的年代，哪一门常识的学习，不是强调同样可以培养创造力呢？正如美国知名美术教育家艾斯纳博士（Dr.E.W.Eisner）指出，我们根本无从证明只有美术教育才可以培养出一般性创造能力。而且在美术学习上，创造能力的转移效能（Skill Transfer）比我们所相信的还要狭小。

虽然行内成员的表现欠理想，不过笔者还是接受美术教育在创造力和传意作用上的功能的确也很重要。但我们亦有需要替美术教育，发掘出更进一步的功能，才可以建立起稳固的立足点。

　　首先我们仍可以由美术这种强调视象的特性开始，在教学上利用作为刺激学生学习能力的手段。这种提法已由美国教育心理学家安海姆（R·Arnheim）与及艾维诗(B·Edwards)等人的研究得以验证。右脑理论的重点，在于指出通过美术媒介的视象传导，去开发人脑的另一半智力潜能，以平衡学生长期处身文字符号学习的局限。

　　其次，若是美术学习的取向，不是太偏重技巧训练或是天才培训的话，学生通过对美术语言的整体性认识（包括概念、知识、技术与历史流变），再配合多类创作媒介的尝试，起码有助他们对生活四周所见的视象文化有所了解。这样除了可以培养出一群有水平的社会文化支持者外，另一方面了解社会文化本身也是个人一种不可或缺的生活技能。我们必须明白，美术教育的贡献，应着眼于指导学员把知觉经验加以发展和修饰，协助他们把这个物质世界藉视象经验化为美的条件，最后从不断的摸索中，激发学员把自己的理念、意象，以及感应化为公开的视觉形体。这种功能才是其他专科所不能达致的。

总括来说，美术教育本身可以培养创造性思维，可以提供一种表情达意的媒介。此外通过视觉语言的教授，可以提供生活技能的训练，对视象世界加强了解。最后为美术文化创造不断发展的条件。

　　现在让我们再从社会的经济、政治层面分析。我们必须接受从某种角度上，美术文化其实也是一个庞大的文化消费市场。故此，实在有必要对所有人进行正确的消费教育，希望建立公平和多元化的消费模式，社会对美术文化的投资才能取得高度效益。同时一个健全的消费市场也需要有足够的劳动力去提供正常服务。如果行内长期由外行人负责策划和管理，并且只提供狭窄的消费服务，美术发展便会受到窒碍，社会文化便会出现失衡，这并非一个进步政府所愿见的。

　　其次从生产力的角度分析，虽然香港没有这方面的统计数字，但从上文提及牵涉到美术文化的行业数目众多，其对生产力的贡献不难想象。有专栏作家提出，单是广告行业每年的营业额已有数亿。关于美术教育对经济的贡献，我们可借用一份美国的调查报告，看到其生产力的质，实在不容忽视。U.S.News Washington Letter（1983）指出，单是新英伦一州，每年由美术教育间接创造的生产力已达5.6亿美元，并且为社会制造了43000个就业机会。每年交纳了一千万的联邦税额以及270万地方税款，由此证明美术教育对经济生产，具有实质的功能。

反过来说，若要维持这种文化市场的生产力，美术教育同时亦需要负起职业培训的责任。不过这样需要在教育设计和专业保障上作出相应的配合。例如基础课程必须多元化发展，学习目标要广泛，并且要建立不同层次的职业培训体制，才能为学生提供明确的出路，以吸引足够的人才加以培训。社会也必须重视美术专业人才，以消除某些单位由外行领导内行的缺失。

由此可见，除了在学术领域外，美术教育对繁荣经济，稳定社会方面所产生的功能，并不比发展其他类型的文娱康乐逊色。以上所提及的建立公平和多元化的消费市场、提高社会文化投资效益、促进社会生产力、提供就业机会、培训有水准的文化服务劳动力以及建立专业管理体制等等的功能，都是文化政策部门长期忽略的。政府这种封闭和短视的态度，才是

香港的美术教育长期得不到合理支持的真正原
因。

美育何为

——美术教育目的之我见

在美术及设计科的事务中,目前较大的课题莫如是中一至中三的课程检讨。当然近来已有很多关心课程发展的教育工作者,提出不少具体意见,但无论大家认为课程的改变应有何种安排,或是提出新的教学形式和评鉴准则,相信都不能避免要讨论到一个大前题——教学目的。

笔者觉得美术及设计教育,是美育其中一环,同时更是香港教育体系的一部分。而教育的发展,又必定要体现社会、政治、经济等方面的需要,所以有关教育目的的考虑,有必要从教育性、学术性及社会性三方面着手。其中的优先次序,我认为就应该依照上述的先后安排。

美术教师的职能基本上是从事教育工作,所以一切成效的计算就应该先从教育的角度去衡量。关于教育的功能,简单地说:是学生在经过学习过程后,在思想和行为上,会比前一个学习阶段有更好的转变。美术及设计科是一种教学媒介,可以用来达成某些大家已确定的教育目的，例如我们认为学生经过初中教育后，应该有某种程度的观察力、分析力和机械性协调能力，于是在美术科的课程设计中，便要着眼于利用适当的美术教材，去获取预设的教育效果。美术教育一个更为理想的目的，是在教育实践的过程中，可以证明这一种教学媒介是非常重要和有效的。这样才能确立这个科目在教育体系中的地位。

同时因为社会上有一大群人会通过美术（或者视觉艺术）这种媒介去进行认知学习，也能体现一部分学术性教育目的。我们亦要明白，其实无论你如何强化美术训练，在初中这一教育阶段，也不会找到十分之一的"可造之材"，所以如果过分强调艺术创作的教学目的，到头来只会连普通学生仅有的一点创作冲动，都会被窒碍。相反，只要教师们能将不同的视觉艺术教材，融入各阶段的课程中，尽量配合学生的能力和兴趣，让学生自我发掘不同形式的创作能力，最后你会发现越来越多人会认识美术及设计媒介的存在，从而产生一代又一代的艺术欣赏者，去对真正的艺术创作者提供支持力，或许这会是美术教育在学术性方面最大的收获。

关于社会性目的方面，我同意教育发展必须照顾政治、经济上某方面的需要，但在初中这一基础教育阶段下，功利的考虑应该减到最少。例如要为社会培养具有工艺制作能力的技工，供应社会美术设计方面的劳动力等估计，到头来只会是一厢情愿。希望决策阶层能够认识到在初中的学习阶段，只要能让学生有机会去发展基本学习能力，无论将来是否投身美术设计行列，都会为社会作出某种程度的贡献，亦即是未来劳工基本素质的提高，这才是正确的社会性目的。而美术课程的安排也要以这个人全面能力的发挥为着眼点。

从上述有关教育目的的讨论中，我主张美术教师应该多思考自己在教学上的职能。起码要将训练艺术家或比赛选手的使命感降到最低。先要做好一个教师的本份，细心运用各种课程编排，基本上要使得学生对课堂学习发生兴趣，对自己的能力有信心。当然教材的选择要有适当的程度配合，例如尽量生活化、系统化，最后能够让学生认识到艺术媒介也是一种可以提升自己认识能力和表情达意的工具。

要达到上述的教育目的，教师的付出当然也很大，但大家既然投身于这个专业中，也要知道我们是有责任去认识不同的美术创作媒体，例如绘画、素描、版画、雕塑、摄影等的本质和特性。同时本身更加要有正确的教育哲学，因为教育哲学可以影响个人的教学行为和思想，假如教育思路不正确，不论你曾经花了多少时间和精神在教学工作上，到头来可能只会全部白费甚至有反效果，希望大家多加留意。

另外有关视觉艺术教育的新发展，例如现时在教育心理学上积极研究的视觉接收理论(Visual Perception in Education)以及如何利用右脑功能去进行形象化的学习"How to Use the Right Side of the Brain in Learning"等。还有一些教育工作者，亦着手检讨现在以媒介为本的课程。凡此种种老师最好能时加涉猎。

故此，教师除了是知识的诱发者外，还是学习模式的控制员。希望大家能够多花时间去帮助学生建立学术概念，使得现时太过注重技巧灌输的情况可以扭转。还有个人认为帮助学生建立用语言和文字去描述个人对视觉影响的认知和陈述的能力，也是非常重要。所以过分艺术家脾气的教学风格可能在将来的课程发展中不能得到理想的教学效果。

五、美术教育新媒介——纤维艺术

　　近日来美术界的朋友对香港文化艺术政策的讨论非常热烈。而在如何长远有效促进香港艺术水平的问题上，大家都有共识，认为发展美术教育，可以对上述问题的解决产生积极作用。但可惜或许大家对香港美术教育（特别是中、小学的美术教育）的情况和核心问题欠缺透彻了解，所以很多评论和意见不免流于空泛和概念化，并未能针对实质问题提出具体有效的建议，去整体地改善现时的境况。笔者个人认为，有些建议可能反而会阻碍美术教育在学校的正常发展。

　　笔者并非评论天才，也不是什么理论家，只以一位美术教育工作者的身份，一向关心的并非什么大的政策、大体制，反而会经常思考如何能将美术教育普及化，使美术教育能发挥教育性、社会性和经济性效能。就是参与一些艺术讲座活动，也会尽量从美术教育角度，围绕着美术教育普及化这个重心去探讨艺术发展的问题。笔者并非存心要抬捧美术教育的重要性，最主要是因为美术界有兴趣讨论美术教育这种冷门问题的人不多，笔者只是"补白"，希望收到抛砖引玉的效果，引起圈内人对美术教育的广泛讨论。

笔者今次想讨论的主题，可以说其实已准备了好几年，在以前的一些文章中也曾粗略介绍过。因为无论从艺术创作的发展和日常工作的需要出发，笔者经常不断探求一些有表现能力和教育效用的新艺术媒介(Art Media／Art Form)。

当然假如我们要探讨纤维艺术可否成为学校美术教育新媒介或新类型前，有必要先了解纤维艺术成为近代艺术新媒介的发展过程和本身的特点。

笔者个人认为，任何一种艺术媒介，例如绘画、雕塑、摄影、陶艺等，本身必须能广泛表现创作意念，具有自身独特的表现形式，表达手法要有高度的可塑性和变异性，当然还希望能包含深层的社会和文化意义。如果我们认为值得将某种艺术媒介，推荐为学校美术教育的新类型，更须考虑能否和学校课程的教学目标配合。和对数学课程适应性的高低。师生对创作技巧的掌握、所采用的物料是否经济有效等问题也须事先充分研究.

纤维艺术的发展

　　此次笔者想探讨的现代纤维艺术(Fibre Art)，事实上也不算新鲜事物，它的发展也是源于传统的纺织工艺（Textile）。从历史的角度而言，编织是比陶器更早出现的手工制作。在原始时代，很多天然纤维物料例如竹、藤、柳枝、草等等已被用作编织各种生活用品，可见纤维物很能反映生活层面的意义。而中国的针丝织锦更可谓纤维艺术的发源。但直至宋代缂丝技术的创兴，编织工艺才成为一种独立的艺术形式，因为缂丝的制作往往仿制名画，被当时的社会当作一种精美的艺术品看待。

　　在中世纪的西方，很多织锦工艺品也被当作壁画使用，由于方便携带，使得编织工艺能够广泛流通。从编织、纺织、衣物制作等产品技术改良的过程中，工艺家更是累积了不少处理纤维物料的造形技巧，使纤维艺术具备发展成为一种新艺术媒介的基础。

　　二次大战以后，现代艺术的发展精神，其中一面是重视新媒介的开发，因此陶艺、玻璃工艺、编织工艺等不断有新的发展。虽然革新的历程是独立的，革新的方向却是相同的，即在于改变工艺在现代社会所扮演的角色，摆脱纯粹实用性和装饰性，趋向个人情感表现。编织物的发展也是在这种潮流带动下，突破了"手工艺"的界限，成为一种新的艺术创作语言。这种发展过程也可说包含了社会性和艺术性的意义。

虽然自法国人尚·吕尔沙（Jean Luncat）1962 年在瑞士洛桑发起首届"国际织物双年展"后，纤维艺术已被确认为一种独特的艺术媒介，然而以后的发展却是多元性、多向性的。例如喜欢布艺（Fibric Art）的创作人，钟情于传统的布料，强调纺织的趣味和在特殊布料上绘画的效果，甚至将印版技巧与纺织物结合，融入家庭生活的布料用品上。另外有些艺术家，将雕塑的立体造型概念，转移到编织物的制作中，发展成为软雕塑（Soft－Sculpture）。因为这种新的造型技巧，有一种"不确定的"（Uncertainty）效果。这类作品常呈现出拒绝继续追求艺术永恒的意图，而强调脱离雕塑中受传统"硬料"，固定的形象限制。由于作品每次安放都可能出现新面貌，既允许材料本身也有表现的机会，彰显了材料的独立性，材料不再附属于造型，艺术品的表现能更为广阔。

造形和意识的突破

二十多年来，纤维艺术品不断涌现。具有典型纤维特性的纸张，由于既柔软而微具挺劲的特性，可塑性甚大，所以也发展成为一门独特的"纸艺"（Paper Art)，艺术家可依据自己的喜爱，照自己的意思，改变它的形体和外观，作为创作的主要素材。早期的剪纸、折纸、贴纸、纸雕、表面切割画等，是将工业制造的纸，加以变形，成为工艺品。近来更因环保意识兴盛，再造纸的热潮兴起，利用纸浆原料从事创作，更可被赋予新的时代意义。

由此可见，纤维艺术家们不断努力企图突破创作上的局限，再加上纤维艺术已从墙上的架钩中解脱出来，编织材料已不限于纯毛线，一些合成纤维、木材、金属线、导管等物料的质感似乎更吸引人的目光。艺术家也特别侧重材料和技巧的运用，期望以崭新的姿势探讨三度空间。

以后，越来越多艺术家利用不同的材料和技法从事创作，以扩展纤维艺术的肌理表现和创作意念。加上很多作品曾在不同类型的展览中出现，由于形式和物料的不确定，故有时被归类为"混合媒介"（Mixed Media）。

总括而言，纤维艺术是沿着一条和社会文化进展相配合的路线发展的，没有什么轰轰烈烈的运动去推动。纤维艺术本身亦没有什么宣言、教条去将创作方向和形式加以规范，但这正好体现出一种后现代主义的包容和古今艺术思维相结合的精神。

各地的纤维艺术创作者可依据自己的理念，不断探索纤维艺术在表现上的弹性，发展分支虽然多，例如 Soft-Sculpture, Fibric Art, Textile Art, Weaving, Paper Art 等等，但万流归宗，大家都是围绕着利用纤维质或有纤维感的物料去抒发个人的感受，所以现在看到纤维艺术作品的物料运用，类型很丰富，包括植物性、动物性、人造物料、纸材、木材，以至玻璃纤维、金属纤维、塑料导管等。至于涉及的创作技巧则更为多样化，由最传统的编织技巧、编钩、结绳、织网、编篮、缠结、缝纫、刺绣，以至拼贴、堆砌、粘合等。纤维艺术家有时还会结合摄影、版画、电脑图像和声光效果等技术以扩展肌理表现和创作意念。造型手法除了挂在墙上、天花板，也有放置在地板或装置空间中，以配合建筑景观、城市景观。纤维艺术家的想象和创作空间正一天天扩大，这些特点，也正是笔者有兴趣探讨纤维艺术创作的原因。另外，相对摄影、陶艺、雕塑三类教学类型，个人认为纤维艺术也更值得向学校美术教育层面推介。

纤维艺术的教学性转化

从课程设计的基本原则出发，任何学习科目的存在，均应建基于其独特性和有不可被取代的教育意义。而任何教学科目所设订的学习课程和教材，都应该以能发挥该科目的学习目标为首要目的。

利用美术教育培养国民美感情操，在课程设计的发展中已有很悠久历史。但单纯着眼在陶冶性情、培养美感，只能作为一般性教学目标。进入20世纪90年代，各种科目的学习目标设计，均强调附加更为具体细微的学习目标和效果评估的方法，以便使课堂学习能发挥全面性教育效果。

当我们参考香港各阶段学校美术教育的课程设计后，可以看到虽然各自强调的学习目的会略有不同，或存在程度上的差异。其中包含了"一般性教学目标"和众多"行为目标"。但概括而言，可以分为下列几个要点加以讨论：

（一）物料的认识

据笔者了解，无论从课程大纲的指引和学校内的实际教学活动分析，关于对各类美术制作物料的应用，都成为学生学习活动很重要的成份。这大概也可以在"香港美术教育太过着重制作技术"的批评中反映出来。

广泛运用不同制作物料进行认真制作，本身并无不妥，问题的症结其实在于大部分教师只将所有物料都当作集体生产课堂教具的原材料，在制作前甚少（或者可能教师自己也不懂）和学生分析不同物料的特性，甚至为何要用某种物料进行制作的原因也不提及，更遑论向学生介绍物料在制作上不同表现的可能性。众多的学习时间只花在无意义的物料拼砌的工序上。

从笔者对纤维艺术发展过程的介绍中，大

家会了解到纤维艺术的创作（制作）过程，物料本身的特性和形态，均需要事前加以了解和思考，而作品的艺术性很大程度要看能否对物料的特点加以充分利用。因此如果纤维艺术这种媒介能有系统地被介绍到课堂学习中，再配合有意识的课程教材设计，可以大大提高师生对不同物料各自特色的理解，从而强化美术教学效果。

（二）造形的探讨

在学校教授不同类型的艺术媒介，其目的除了让学生增加知识层面的认知外，也是着眼在造形的探讨这个问题上。现时一般在学校推介的艺术类型，大致有平面和立体两大类，各自造形的分界很清楚。这种取材设计，固然会带来学生对造形探索容易入手的好处，但亦可能造成学生将来在造形发展上的局限。

笔者认为纤维艺术本身的不确定性，游离于平面与立体之间，造形随机性很大，加上有不同的放置形式可供考虑，更容易刺激学生在学习时的思考，努力扩展造形的发展空间。

（三）生活的体会

美术教育比其他科目更强调视觉感受和触觉感受，如果学生在课堂所接触的物料和自己的生活和社会环境的关系越密切，他们可能通过视觉和触觉的感受，强化个人对生活的体会。由于纤维艺术创作所运用的物料，很大部分取材自天然纤维和日常生活很容易接触到的物品，因此比起其他学习类型，更能有效达至生活体会这个教学目的。

（四）文化的了解

很多艺术创作理论，均强调艺术发展不应与历史传统割离，艺术和历史的发展，都是一种连续转化的过程。学习艺术的发展，也应有助了解自身社会历史文化的发展，帮助学生掌握自己的文化处境，确定自己在创作时的文化角色。

从上述的讨论中，我们应该了解到纤维艺术有其和历史文化发展相配合的历程，再加上所运用的创作物料非常生活化和具亲和感。如果能被广泛介绍到课堂学习活动中，再加上教师有意识的带引，相信在潜移默化的学习过程中，有助学生对社会文化的了解，在创作时容易确立自己的文化角色。

当我们比较过各个阶段的学校美术课程大纲后，或者会发现彼此的形式和内容并不太统一和有衔接性。这当然可能由于一向行政架构各自脱节，更可能因为决策者彼此根本没有一套对美术教育的共同理解所造成。因此，香港美术教育积习难返，未能整体改革去回应社会、文化、教育、经济不断发展的需要。

若要将香港美术教育加以整顿，过程会相当复杂，但简略分析，纵观各阶段的课程，似乎也欠缺了一类可以纵向贯通的学习类型。笔者以为，纤维艺术或许可以补这方面的不足，我们可以利用其本身题材的广泛适应性、制作技巧的普及性、物料运用的生活化和学习目标的包容性等，去带动各个学习阶段的教学改革，并促进彼此的课程衔接和教学效果。

这个主题需要通过对香港美术教育的实际施行情况的分析去加以具体说明。

纤维艺术在教学的推广

根据可以掌握的数据资料和众多美术教育

评论文章分析，我们可以理解到影响美术教育发展的原因中，美术教师的素质，可算是较重要的问题。当然，没有接受过专科美术教学训练的兼任美术教师，无论在个人的美术修养和对各类教材的技术掌握上，都可能不足以应付课程设计的需要。就算是那些受训过的专任老师，根据个人的观察经验，也不能保证可以充分满足课程设计的要求。很多教师都会因为自己欠缺某美术学习类型的创作（制作）技巧，例如人像绘画、素描、版画、设计等，便在教材安排时故意省略。对于一些造形有趣、物料新奇的手工艺制作，也大多依赖材料供应商所提供的范模和划一的原料进行集体生产。

这些教学取向会导致校内课程设计不平衡发展，学生的学习经验严重偏差。

反观纤维艺术所采用的制作技巧，一般都非常简易，这也是因为技巧表现并非纤维艺术的着重点，无论平面、半立体、立体造型的造形技巧，都是一般中、小学生和普通教师容易控制的，所以可以大大减少教师对施教的恐惧感，消除在课程设计时不必要的障碍。只要教师放胆尝试，教学效果便可慢慢自我完善。

另外也由于纤维艺术的造形弹性很大，教

材选择可概括很多类型，所以对中、小学美术教学目标的适应性非常强。只要教师能对纤维艺术的特色有充分了解，在课堂教学时有系统地和学生进行主题讨论，以引发学生思考和感受为目的去设计教学，则很容易取得具体的学习效果。

向来，中、小学美术教师，都会因为搜集新教材的问题而受到困扰。这可能由于他们过分强调要向学生介绍新技术和新物料（特别是偏重手工艺制作）的教学观点。这种取向无形中会加重本身的教学压力，而且对学生的美术教育也容易流于片面。

笔者经常建议教师应该放开对以上两点的执着，多了解各个学习课程的要求，着眼于思考广泛的教学目标。要多配合学生的能力和生活经验，选择有意义的教材，为学生提供足够的背景资料，以加强学生的知识发展和创作能力。纤维艺术可以补其他学习类型的不足，进一步拓宽教材的选择。

内容比形式更重要

笔者对香港美术教育的批评，有一个可能

算是很独特的观点，即认为很多美术教师，完全没有成本观念。

表面上，成本问题可能并非课堂教学要考虑的事项，教学成本一向和教师没有切身关系。但如果我们视教学为一种专业，教师便是这个行业的专业人员，故此任何在教学活动中会牵涉到的问题，教师都有责任加以考虑，这当然包括学生花在美术学习的物料成本问题。

从教学效益的角度分析，教师应考虑用最低的成本（包括时间和物料）去为学生提供学习经验。教师要清楚了解，课堂教学应该和画苑、手工艺班的学习方式有所不同。我们不应动辄要学生花十多元去购买一个学习效果不大的现成教材，例如一小块纸粘土加木相架、一小块十字布加胶布框、一袋圆形纸块加活动眼等等。其实很多随手拈来的现成纤维物料，例如杂志纸、毛线、碎布、胶袋、包装纸盒等，均可以比这些现成教材套件，取得更好的学习效果，而且更能加强学生对生活的体验，当然成本方面会更为合算。

笔者并非想强调教师应该只用垃圾或废物去进行课堂练习。笔者也觉得很多老师错误运用"废物利用"这种概念。而事实上教师日常工作非常繁琐，也没有时间去照顾学生收集废物。可是这些教学处境，也不应用作未能小心计划教学过程的借口。由于正常的教学安排是非常紧迫，教师更应该多花时间在事前的准备工作上。例如目标的设定、讲解的手法、物料的选择和各种创作可能性等问题的考虑，以免因一个人的疏忽而造成数百人浪费了宝贵的时间和金钱。

适当地为学生选择廉价的代用品，由自己指定某些配合教学目的的物料，而不是盲目地依赖供应商所提供的"仓底物料"，这样可以保证教学效益，同时因为教材完全由自己一手设计，对教材的内容、制作技巧和学习重点都会清楚了解，于是乎也间接帮助教师摆脱形式主义的枷锁。这正是纤维艺术要强调的发展方向。

不断探索和完善

根据以上评论，笔者暂时可以概括总结，无论在目标的配合、教材的变化、物料的运用、技术的掌握和艺术的发展等等环节，纤维艺术均有足够条件，发展成为一种新的学校教

83

学类型。而事实上，现在中、小学所采用的教材，也有很多部分和纤维艺术有关联，起码在形式上已可归入这种类别。

但是这众多的教材，教师在施教时均不是从纤维艺术的创作角度出发，只是将教材当作一种手工艺制品看待。特别是小学教师，仍沿用五六十年代的所谓"劳作"、"手工"的观念去处理教材，所以无论从一般教育效果和促进纤维艺术本身的发展两方面去衡量，都没有太大的实质意义。

笔者认为纤维艺术是一种很有发展潜力的新媒介，而在个人创作的追寻上，发现这种媒介很值得在中、小学推广。

推行时，要解决的问题，首先需要让更多人对笔者的理解有所认识，所以将来会寻求更多和大众分享个人观感的机会。亦欢迎美术界成员对这个主题多作讨论。

当然要全面对这种艺术形式加以推广，最有效的方式莫如举办纤维艺术工作场，让更多教师可以分享这种媒介的创作兴趣和发掘种种转化为学校教材的经验。

六、香港艺术政策反思

偏差的艺术发展政策

一个地区文化水平的提升，理应和该地区的经济发展和社会变革相适应。

近二三十年来，香港的经济急速发展，生产力一直居于亚洲四小龙之首，虽然近年开始有落后迹象，但人均年收入仍能超过 1.4 万美元。另外全港市民教育水平（各阶段入学率）也相当高，所以对文化艺术消费的需求和品味，这十几年来正不断提高。就整体的供应而言，大致上政府对一般文娱康乐活动的提供，还算能满足市民起码的要求。然而现在这种文化艺术服务的背后，却存在若干政策上的偏差。在 90 年代以及香港正面对一个新社会环境的时候，政府及文化、艺术界成员应该去正视和纠正这些偏差。

第一点偏差出在政府的政策取向上。政府一直视文娱康乐为一种社会服务，每年只是按一个固定服务预算去提供基本活动。政府从来没有将各类文化、艺术媒介，当作独立的界别或艺术形式去加以重点栽培、发展，导致香港文化水平一直只停留在文娱表演层次，而未能有较高的提升。

第二点偏差则在于政府对文化发展所采取的放任态度。这种取向美其名曰是维持各种文化艺术媒体的独立自主，不作任何行政干预，但结果却是无视各类文化发展的条件性差异，没有发挥出引导各类文化艺术平行发展的功能。

在文化政策的支援层面上，政府一方面强调只负责提供基本的设备和活动经费（例如兴建文娱中心及限量经费拨款）。至于各类文化艺术的发展，则有赖其行内成员自行争取。而在资源分配上，也强调不作偏向性投资。但有很多事实却让我们看到，政府的资源分配并未能做到中立和公平，很多时候受到有势力的团体影响，特别是一些大财团的赞助政策所左右。

最明显的偏向莫过如政府对体育及演艺文化的双重投资，其实这两项文化活动已经常有国际性组织支持与及商业机构的赞助，政府理应将经费用到其他较受忽视的文化项目上，例如美术文化的推广。下文笔者将会指出政府如何只懂锦上添花，而不会雪中送炭，任由视觉艺术工作者自生自减。

美术文化亟待发展

对于社会服务的提供，包括文娱康乐与教育等，政府的一贯政策经常强调只扮演一个平衡和补足的角色。即假如社会上有其他机构或团体，已经或者能够提供相同或近似的服务，政府便会将该等项目的资源，转移到较不受人注意，或急待发展的新项目上。

然而上文提及香港的体育及演艺文化活动，已经得到很多国际性组织及商业赞助的支持，政府却没有贯彻均衡发展文化艺术的原则，去扶植备受忽视的视觉艺术媒介，反而对体育及演艺，作出超额投资。例如早在十多年前，将康体处独立，升格为康体发展局，去年又将银禧体育中心，升格为香港体育学院。另外在设立音乐统筹处和香港演艺学院外，又加设演艺发展局。而在教育署底下，又成立"香港学界体育协会"和"香港校际朗诵及音乐协会"等两个政府资助的组织。此外还有市政局全资管理的各个演艺团体和数不清受政府资助的合唱团等等，可见政府对体育及演艺是作出多重投资。

相比之下，美术文化就只有市政局，文化委员会辖下的香港艺术馆可以代表（暂且不要批评它所提供的口味太窄的问题），连稍为对视觉艺术的推广可以作出实质贡献的"香港艺术中心"，前几年出现经济危机，政府也袖手旁观，任其自生自减，几乎连生存的机会也没有。政府至今也没有一套培养本地艺术家的奖励计划，对于在教育层面推动美术发展也显得很消极和被动。

政府所以会出现这种政策的偏差，可能是政府没有了解美术教育对社会经济、文化、劳动力等可以作出的贡献。影响所及，视觉艺术在这种受歧视的环境下，便不能有显著的发展，在让大家加以关注。在这种恶性循环的困局底下，美术文化便不能健康成长。

关于美术教育对社会的经济、政治、文化、劳动力和消费市场的发展所能产生的功能，笔者一篇登在香港艺术资料及资讯中心（ARIC）出版的艺术资通讯 1992 年 8 月号的

《美术教育的功能》一文有详细论述。

然而要打破这种恶性循环的困局，是不是单靠政府的资助便可以解决呢？笔者将会在下文就艺术的发展、师资培训的配合，社会活动的协调等几方面加以探讨。

学校教育影响社会政策

要解决美术文化被社会大众严重忽视的困局，首先每一位美术文化工作者，应该从人类历史文化了解到美术的发展，不能单靠执政者的重视与支持，否则很容易使美术沦为执政势力利用的工具。我们只需带引政府认识到美术文化存在的现实价值和可以对社会经济建设作出各种贡献。

我们的要求，一如其它文化媒介，只希望政府为美术活动提供基本的发展条件，建立一个公平资源分配的环境，让政府真正发挥平衡服务的职能。而美术文化工作者本身，也要自己付出努力，做出一些具体的成绩与表现，去证明自己存在的价值。所以笔者也想兼论一下影响香港美术教育发展的内部环境，以探讨一些改革香港美术教育的可行性方向。

让我们先从供求的角度分析，政府对美术文化所提供的社会服务投资较少，可能客观基于市民大众没有这方面的强烈需求。相反地，数目庞大的青少年却需要大量的体育活动空间。然而我们从很多心理学、社会学、哲学或美术的理论中，知道追求美感、追求视觉效果、追求形象表达，均是现代都市人的生活特性，为何香港却出现对视觉文化需求偏低的现象。据笔者理解，最大可能性便是市民在基础教育阶段中的美术训练环节出了问题，使得个人的美术潜能得不到相应的发展；甚至个人在美术方面的能力和信心，被有问题的教学过程压抑、消磨殆尽。从笔者十多年从事美术教育工作的体会，深信基础美术教育未能发挥应有效果，才是美术文化发展迟滞的主要原因。由普通大众以至政府的决策官员，他们的思维取向，无可避免均会受到以前有问题的学习经验的影响，从而出现偏低的需求。

　　另一方面，虽然表面上学校美术教育出了问题，但这与文化政策的检讨扯不上关系。但如果我们能从社会发展的客观角度去衡量，则任何一个地方的文化发展，与该地区的教育情况无可避免会有很大关联。同时，从公共行政的角度去考虑，要通过解决教育问题去改变社会的文化发展，也不能单从学校教育层面入手，决策者必须结合公众教育层面的因素加以考虑。作为一个负责任的政府，今后推动美术文化的政策，除了在公众资源的分配、专业人员的培训外，还须将与学校美术教育配合问题，一并考虑。

不可忽视专科师资的重要性

学校与社会，在很多问题的轻重判断和解决上，是起着互动（Interaction）的关系。在了解到政府美术文化政策的偏差原因后，让我们再看看学校教育方面，又有什么问题，促使美术受到社会大众不适当的忽视。

当我们细心分析学校层面的美术教育，在整个教育的"生产过程"中，有若干环节的确出现质、量失控情况。

大家都知道，学校教育的生产任务主要由教师负责；而教师的生产则由师资培训机构负责。两个环节的师资素质均会直接影响"生产成果"。要解决美术教育成效偏低问题，师资素质的改善，是非常迫切的议程。

关于香港美术教育的具体情况，笔者1990年7月间在信报教育眼所发表《80年代香港美术教育回顾》的八篇文章，已经作过详细的描述，所以现在只想集中检讨一下"师资"的问题。

现在香港中小学任教的美术教师，主要由四所政府教育学院培训。小学占百分之九十五，中学也最少占八成以上。但中小学教师，并非全部都在师范接受过美术科教学训练。在小学没有接受正规美术专科教学训练的教师，更高达五成以上。而另外由于政府要弹性处理教师的供应问题，所以就容许相当比例没有接受任何师资培训的高中生或非英联邦认可的大专生加入教师行列，作为暂准教师。虽然香港政府也有开设美术或设计的学位课程，例如香港大学、中文大学和理工大学，但这些课程的目标不是培训教师，所以每年毕业生投身教育界的人数不会太多。而且这类教师也未具备足够的教学训练，同时大部分集中在中学任教，故此也无助整体美术教育的改善。笔者认为，最关键性的偏差还是政府容许各学校对教师任教科目，和科目编配节数采用弹性分配，使得美术科三四十年来原地踏步，不能向专业性教学发展。除了受训教师人数不足，加上教师来源杂乱，基本教学水平差异很大，试问在这种有问题的美术教学师资的影响下，如何可以提高教学效果？

对于美术创作的学习，基本上已较其他科目容易碰到学生个别差异很大的问题，笔者认为政府除了有必要认真考虑鼓励出版商出版教科书，以作宏观的控制外，也有必要向学校提供明确的科目任教指导，才能制止这种美术教师的滥、散情况。

美育是一种通识教育

香港美术文化水平低落，笔者认为最根本的原因不在于政府投入资源不足，而是在基础美术教育失控，最后引发恶性循环，使得学校以至社会各个教育及文化层面，均不能健康发展。

基础美术教育失效，没有品质控制。造成这种局面，其中一项显著的缺失，正是笔者在上文所提及，小学美术教节的分配，三四十年来，仍沿用那种"分猪肉"（全校美劳教节由教师均分）的行政管理。这种因循的课时分配，使得积极认真的教师，没有足够的支持和鼓励去改善教学效果；而那些美术修养不高或教学见识肤浅的兼任教师，纵使没有将美术课当作"抖气堂"或"补课堂"，也会将本来会是生动有趣的美术学习，敷衍过去。笔者亲眼所见，每日有数以百计有美术天份的学生，便被这种有问题的行政管理，将个人的创作兴趣，消磨殆尽。其中可能有你的孩子、我的孩子。

个人在工作经验中，常常产生一个疑问，为什么众多的所谓小学美术教师，从来都不会反省一下，每年数百个充满美术创作热情，大胆涂绘的小一学生，为何到了五六年级时却瑟缩害羞，创作消沉，意念空洞。很奇怪无数的校长、教师，竟然可以面对成千上万学童，失去美术创作意念和本能的严重景象而无动于衷。

关于学校美术科滥教的因果问题，笔者刊在"教育眼"一篇《美劳课应该当作猪肉分赠吗》的文章，已有详细评论。

"美术教育"，可以当作美术问题讨论，也可当作教育问题讨论。我们也可反省一下，为何很多青少年，每年在学校有三四十个小学的美术学习，父母还要带他们到画苑、美术画室去补课。是否他们在学校得不到创作的满足感？是否他们在学校得不到所需的美术知识和技能？这是否反映出学校白花纳税人的钱？既然众多教师不懂教授，众多学生没有受益，小学美劳科倒不如考虑转为"私营"。既然众多教师都认为创作表现全在于学生天份，政府倒不如将美术教学的投资，拿去资助画苑、画室，让他们栽培那些天才儿童。既然教师们都认同艺术修养，艺术品味是少数人的专利，我们便不要再批评"集体文化"，再不要责备学生跟风、跟潮流。因为我们从小便没有教导学生建立个人的美感意识、美感品味。

市场定位不准确

笔者在上文已经分析过香港小学美术教育失效，师资滥散应是其中一个主要原因。但事实上全港小学也有超过四成美术教师（约接近4000人）曾经接受专科美术教学培训，同时四所教育学院，每年也有向学校输送约100名专科美术教师。为什么十多年来，累积了一大批专科精英，却不能对基础美术教育，起着积极作用，反而只让人看到绝大部分专科美术教师只是随波逐流，被传统因循的教学模式所同化，笔者认为导致这种现象的产生，除了可以归咎传统学校文化对美术不重视和偏差的学校行政方针外，美术师资培训的取向和课程设计，也是关键原因。

据笔者了解，教育学院（前称师范）在七十年代以前，课程设计，比较侧重各个学科本身的实际需要。每一个选科的学习内容主要是环绕本科的教学知识。一般性的教育理论，教学法和课程编订的学习内容，份量非常小。师资培训的取向，主要是针对不同科目的教学目标。

香港美术教育的着重点，长久以来都是偏于技术取向，教师的任务便是教学生如何画画、如何造手工、如何造拼贴。于是乎无论二年制或三年制的美术教师，都和他们将来的学生一样，将所有课堂、课余时间，消磨在不同媒介的创作技巧操练上。谁有天份，谁便有好表现。大家都忘记了师范生未来的工作，主要还是一位教师而非艺术家。他们将来的学生，主要学习目标在于想象、思考、素质，而非单纯创作。影响所及，以前绝大部分专科美术教师，都是只懂画、不懂教；只懂画自己善长的品种，不懂画多样化的表现效果。所以教学能力的适应性很低，技巧好一点的，充其量只能在学校布置，环境装饰，校外比赛等项目作出一点贡献。大部分都不太了解什么叫做美术教育。

80年代开始，教育学院的课程设计有所改变。教学理论和教学法被编为必修科，所以在美术科的培训设计上，便假设这些未来美术教师会懂得如何编写与教授美术教材，于是乎更名正言顺将所有培训时间集中在不同媒介的认识和创作上。故此难免会出现这些准老师在入职前竟然连准备任教的科目课程大纲也没有见过，更遑论要有选择教材、编写进度以及利用社会资源的能力。

简单讲一句，这种美术师资培训的缺失，可以称为"市场定位不准确"。

师资培训，亟待改善

笔者在上文提及现时美术师资培训所出现的"市场定位不准确"问题，相信在其他科目教师培训的课程设计上，也可能产生相同的毛病，希望新成立的"专上教育学院筹委会"的社会贤达，能好好地正视这种课程设计的偏差，加强每一个科目在教学处理的学习内容，使将来的准老师们，除了具备基本教育理论的认识和教学法的运用技巧外，对个别科目的教学特性和工作需要，也有独力处理的能力。否则政府现在"校本课程设计"、"课程发展处"、"学校管理新措施"等等推动"自我教学管理"的巨大投资，便会白费。

师训课程设计的偏差，固然会影响教师将来的教学效果，而教师本身的个人素质，更是能否取得教育成效的决定因素。这种对教师素质的关心，也是最近所有教学团体，一致反对教育署放宽教育学院入读申请资格的主要原因，据笔者了解，其实这种"不理好丑，但求就手"（宁滥勿缺）的招生处理，在教育学院美术科已存在了一段日子。

现在美术科的招生过程，几乎已没有专业水平考核，连学生曾否选修会考美术课程也不加限制，再加上其他科目的招生要求不断收聚（例如家政科、体育科、音乐科等对招生均有严格要求），教育学院的行政人员，为了解决学生的选科问题，唯有将美术科当作"百搭科目"随意配对，只要能够画几条线，打一个圈，就算是"色盲"，也可收录。试问在教师的职前训练，已经滥散如此，我们的基础美术教育，又怎会有正常发展。再加上院校的导师既不是专业美术创作者，也对专业美术教育欠缺足够认识；学院设备连一些像样的中学也不如，所以不可能为学生提供专业创作，或是专业教育的指导，直接使得学生受训后的发展受局限，正所谓"东不成，西不就"。

希望行政当局和师资培训决策者，明白教师在职时要面对的还是基本教学问题，而非专科创作技能的运用。如果不能改变市场上大部分小学教师有可能分派去教授美劳科的滥教情况，那么师资培训设计，应该规定在头两年的课程中，所有师范学员都必须接受基本美术教学训练（澳门大学教育学院的课程设计非常值得参考）。而在第三年或高级师资训练课程，则必须提高学员对美术课程设计、教学活动运用、美术史和美学认识等等的水平，使教师将来能在本学科更有效发挥教育效果。

师资培训的品质调控

由于师资培训出现偏差，而且"美术教师"之间的个别差异也很大，再加上学校行政人员本身亦深受自己以前在学时期有问题的美术教育的误导，普遍对美术教育采取轻视态度。在这种恶性循环的大气候底下，纵使有少数善良的新生力量，也会很快被学校的因循组织文化所同化，个人创造意识消亡殆尽。

故此虽然每年香港实有百多万人进行不同形式的美术学习，但在这种教材选择欠适当、教学目标不明确、教学取向忽略理解与思维训练等的教学安排下，所有教学投资无可避免会白白浪费。

由本地栽培的美术创作者普遍被批评欠缺创造力、作品的形象和意念多流于抄袭模仿，没有个人的风格面貌、形式主义很明显，本土意识薄弱等等缺点。如果我们从香港的基础美术教育成效去分析，出现上述种种毛病，的确是有其内部和外部的成因。关于香港学校美术教学安排适当的具体事例，笔者在1991年12月号的《现代教育通讯》刊载的《内容比形式更重要——浅谈香港美术教育》一文，已有较详细的论述。

至于香港的美术师资问题，我们也可尝试从产品的品质控制角度去分析。就算我们认为政府的原意只是将教育学院设计成生产原胚的场地，产品还须经过另一个阶段的加工和调教。我们也知道，在政府的教育系统下，对教师的在职表现也有一套监察、指导和再培训的体制——辅导视学和在职进修部门。奈何这一二十年来，政府的监察意识逐渐转弱，而且不受政府直接控制的学校体系日益庞大，也导致美术教育这种边缘学科，只能产生量变而没有明显的品质改善。

而所谓教师再培训安排，无论是辅导视学处，抑或教育学院所主办，都是形式大于实质，未能针对上述学校教学的缺失作有计划、有步骤的分期纠正。笔者个人的亲身体验，就是相隔十年，教师所得到的再培训内容，也不见有多大的改进。

由此可见，师资的生产，在职前的品质固然没有保证，连在职时的品质检查和质量调控，也未能发挥作用。在管理权力会进一步下放和分流教学上马的形势下，美术教育的前景的确令人有点担心。

社会层面活动取向的偏差

从上文有关香港美术教育的现况和政府艺

术政策偏差的分析中看到，既然学校教育出现问题，不能为社会有效提供美术创作人才。同时由于美术文化的观众无从产生，反过来也会导致社会的美术文化不能取得足够的支持。这样一来既令美术的发展受到局限，二来政府投入的资源亦未能产生应有效益，最后更会连锁性导致政府对美术文化的投资意欲减退。

虽然如此，但笔者仍然认为现在要发展美术，除了资源不足的问题外，而实际上也存在着资源运用不适当问题。如果大家肯细心观察，无论政府或私人团体，虽然经常有通过不同的渠道和方式，为美术活动提供资源。但因为社会内部缺乏一个整体的沟通和协调体制，使所有的资源未能发挥足够的效用，甚至许多时候因为活动设计欠周详而造成浪费。

大家可以看到不同的区议会，一窝蜂地举办中秋彩灯设计比赛，同一时间和市政局争取展品和观众，另外不同的政府部门，也有时一窝蜂地举办主题类似的海报设计比赛，这种不协调安排无形中影响学生长期集中在单一美术媒介的表达上花心思，教育效果低下，另外更甚是众多的商业机构，只懂因循地不断主办形式单一的填色比赛，将所有金钱浪费在无意义的印刷品上；而不同的创作奖励基金，也有一窝蜂去举办追寻美术新潮的创作比赛，明显与艺术馆竞争同样一小撮的创作人才，虽美其名可以为美术家提供多一点创作机会，但也会间接鼓励"一件两投"，或者以量取胜，博取侥幸入圈等不健康的心态。有时主办者的动机也可能不太单纯，公众利益能否照顾，便无从保障。

另外近年虽然画廊和艺术品的拍卖活动日渐普及，但因为所推介的品味实在太狭窄，未能使大家对整体的美术发展加以关注。由此得知，上述种种有问题的外部环境所提供的各式各样美术活动，均不能产生应有的社会教育作用，无助于美术观众的发展（Audiences Development)，甚至更间接影响了学校美术教育的取向，过份着重形式化的模仿，而没有引导学生注意本土特色和较深层的意义表达。

我们需要独立自主的艺术议会

笔者认为，要全面解决香港美术文化的发展问题，便不能再沿用教育署只管美术文化观众培养的基础教育，而文康广播科则只协调美术文化机构的活动，发展这种"有分工，但没有合作"的传统管治模式。更可说两个行政体系亦没有一套有效的品质控制程序，去确保公币得以有效运用（从笔者上文所述，读者大概也可以了解到香港基础美术教育的成效实在很不理想，而政府在美术文化投资的成本效益，更加没法保证）。

大家必须认识到一处地方的文化发展，必须从公民儿童时期着手教育，并且关注到公民成长的不同阶段均要有各自的发展重点。各阶段之间也要有良好联系，避免脱节。因此教育当局必须改变现时课程设计中小学、初中、高中（会考课程）、预科及大专各阶段间各自为政、互不沟通的失衡情况。而社会层面的各个美术文化团体，也需要加入教学及师资培训方面的成员为咨询委员，以便能向决策者反映那些未来观众的学习内容和知识水平，以便社会教育与学校教育能互补不足。

为了可以达至上述效果，个人认为必须设立一个跨层面的协调机构，才可以全面统筹香港美术文化整体发展的方向。而目前政府在"艺术政策检讨报告"中所建议将演艺发展局加以改组成为艺术发展局，并包容视觉艺术和其

104

它类型文化艺术在内。但仍然保留两个市政局在文化艺术各自割据一方面的局面，实在不能客观地适应全港市民的需要而作出较为合理的资源分配，希望政府能接纳文化界的建议，改为设立一个真正跨层面的艺术发展议会或艺术局。当然其下必须加设美术教育发展处，延聘不同教育阶段的资深工作者为委员，以平衡经过这类官僚机构太着重狭窄趣味活动的弊病。

一个面向公众的文化决策机构，其所推广的活动，必须建基于公众良好的基础教育水平上，才能取得成果。假若我们只追求设立宏大的文化硬件，不惜代价搜罗世界名作以自珍，到头来诺大的活动空间没有足够有水准的参与者；价值连城的名作找不到有欣赏能力的观众。这便是政府忽略文化发展的"承接力"的后果。所以必须正视基础美术教育，为学生提供多元化的视艺发展出路；为社会造就各种岗位的专业人才；为大众提供一个公平的消费市场；最后为社会的美术文化创造健全的发展条件。

七、对美术教育中几则神话的反思

有必要认识教育理论吗

在讨论任何问题前，笔者习惯先将问题的本质加以厘清；将讨论的基本概念加以具体化确定。星岛日报"美育谈"这个专栏既然是讨论美术教育的场地，笔者也就预期读者们对美术或美术教育的理解会非常纷纭。为了让读者了解笔者的基本立场和信念，方便日后交流、讨论，故此在开笔的四篇文章中，先将要谈的美术教育范畴加以界定为学校层面和公众层面两个方向。任何人坚持对美术教育的功能加以肯定，旨在为学生的成长作准备；对美术教育的发展方向加以确定，旨在改变天才教育取向为普及教育取向。

另外笔者和美术教师或关心教育的朋友接触时，往往也很喜欢和他们讨论一些理论性和哲学性的问题，而非单纯对政策和教学处境加以批判。因为笔者发觉，有很多热心教育的同仁，虽然他们会积极做好自己的教学工作，工余亦会无私无偿地努力为本行争取利益。但有很多人热情有余，理论水平不足，对教育的基本理解和价值观也值得商榷。所以有时他们可能会走错方向，事倍功半；有时或许他们的学生会做出一点成绩，但却未必有正面的教育效用。

笔者认为，就算是一位教低年级的小学教师，对不同教育理论和哲学思想的了解也是有必要的。这有助于教师建立正确的主导信念，从而在教学行为和教学理想有好的改变，避免陷于个人的行为表现，最终可能成为自己要批判的对象这种荒谬的处境。

东、西方社会，美术教育普遍不受重视，部分原因固然是受一些共同的历史文化观念所影响，另外，一般教师（甚至专科的美术教师）长期对美术教育存有种种错误理解，也要负一定责任。美国美术教育家艾斯纳博士（Dr.E.W.Eisner）在70年代，曾经发表一篇题为《美术教育七则神话的检讨》一文，目的就是希望教师们能重新正确了解美术教育的本质，彻底检讨现存的偏差，才有机会改变美术教育的地位。

美术教育可真每况愈下

美国美术教育家艾斯纳博士70年代在美国艺术教育协会季刊上所发表的那篇题为《美术教育中七则神话的检讨》的中文译稿最先刊登在台湾的《百代美育》月刊上（该刊现已停办），后来收在夏勋编著的《美术教育选集》（世界文物出版社1985年）一书内。

笔者在工作中感到，艾斯纳在20年前所提到美术教师受到种种传统神话误导，而在课堂内所作出种种不合理的课程设计和活动安排，使美术教育未能发挥应有效果的情况，在90年代的香港仍然普遍存在。笔者希望能利用若干篇幅，将这几则"神话"，向关心香港美术教育的读者加以介绍，并且配合香港所见的事例，加以检讨并贡献一点个人建议。

艾斯纳认为现代美术教育界一向信奉着七则古老神话，这些似是而非的神话，遏阻当今美术教育向前迈进。当大家读到以下所描述的事例后，或者会明白，为什么在一些先进国家，美术在教育课程中均有被削减的倾向。以香港为例，在 70 年代以前，大部分小学均有两节美术课，两节劳作课。而当 1981 年新的"小学美劳科课程纲要"颁布时，虽然建议"美劳合一"后，最好仍然保留四节美劳课，最少也要有三节。可是自 80 年代开始，几乎九成小学只保留三节，而众多所谓有名气小学，为了提高学科成绩，均将美劳课压缩为两节。

另外在不断有新科目（例如普通话、电脑、公民教育等）出现的课程膨胀压力下，绝大部分小学都准备向设有明确课程规范的"美劳科"开刀。再加上小学语文分流考试即将登场，小学又将会全面恢复以前升中试的"全军考试操练"的教学模式，美劳课节无可避免会受到进一步缩减的压力。

出现这种恶劣处境，笔者认为行政当局延误美术教科书出版的决定，应当负最大的责任。

单靠材料和感情便足够吗

笔者在上文所陈述的个人观点中，有一项是和艾斯纳博士不谋而合。我们都认为在形成个人的世界观和他对新论点掌握的过程中，任何人都不会低估传统神话、信仰或是观念所产生的力量。大多数人会因先入为主的观念，影响了个人对外界事物的反应。对于后来所接触的事物通常各人都会用不同的方式作出反应和判断。例如遇到不符合我们现存知识领域的理念而引起不适感受时，可能会改变这种理念的理解和界定，使其适合我们现存的知识领域。或者主动对这些理念加以评价，并会用自以为合适的理由去拒绝接受即所谓"合理化"手段。

心理学家费斯廷格（Festinger）曾经发展一套完整的心理学理论，称为"不协调理论"（Dissonance Theory，1962)，去解释人们如何对待自己已作出界定的"知识领域"。这种不协调理论所描述的现象，也多少反映在美术教育思潮的曲折发展中。艾斯纳博士特别认为，美术教育界对现存教育问题的理解，似乎也受到七则"神话"的困扰。他希望能由现代教育理论的观点出发，将这七则神话的谬误澄清。最后更希望读者明白，当这些神话被教师加以否定后，会对美术教育界的教育政策和活动，产生哪些有利的转变。

艾斯纳博士指出人们普遍信奉的第一则传统神话是："儿童只要从老师那里取得足够的美

术材料和感情支持，并且学会如何独立运作，儿童的美术表现，便可以有良好的发展。"

艾斯纳博士认为这项信念的形成，乃是根源于一项许多艺术家教育家所关切的问题，即是在美术学习中，成人往往过分干涉儿童的自然发展。

许多美术教师都会遇到一些情况，例如发觉很多儿童不敢大胆从事绘画，便会认定这种学习态度必然是由于家长过分干涉儿童的美术创作和对儿童的努力不提供适当感情支持所致。

自由创作是否良策

艾斯纳博士在评论第一则美术教育的神话时指出，很多美术老师的教学，会基于一种信念，认为儿童一如含苞待放的花蕾，天生具有变为某种人物的潜能，而老师的任务应该和园丁一样，主要在于提供一些条件去促使儿童的潜能可以开花结果。例如分发材料和提供精神支持。

此项信念，也许基于对儿童心理发展的认知而来，故此在进行美术学习时，这些老师也认定儿童的美术发展亦是由内而外，并非由外而内。他们会认为教育，以及美术教育的其中一项主要目标即是使儿童所具有的潜能得以体现、发挥出来。这种信念，对于那些未懂得利用丰富多姿的学习环境去辅助美术教学的老师，特别明显。他们会容许儿童各自发挥，高低年级的教学重点安排也没有分别。

我们知道以往，甚至现在，可能仍旧有些艺术教育的课程对儿童的成长会产生强制性、机械性与无感应性的效果。故此，自由创作的概念也常被利用作为补救某些"反教育"行为的措施。只要这样的课程一日存在，这种自由表达的施教，便可以作为抵制僵化教学的辩证。然而这些老师却没有发觉，他们只是将教学效果由一个极端，带到另一个极端。

虽然大家会同意在某种情况下，儿童对于美术的兴趣和信心，会因为课程的安排过于刻板而被遏抑了；但这并不足以证明利用另一种极端手法——自由创作，便可以对儿童的美育发展，提供乐观有利的条件。

艾斯纳提出如果我们认同第一则神话，便很可能在鼓励儿童独立运用媒介和物料的同时，也将应该对其美术发展贡献最大的老师，贬为物料的分配者和感情支持的唯一来源。假如对美术教育有真正了解，也会知道单靠慈爱和物料，亦不足以提高教学效果。

你了解影像传意的效用吗

作为一位美术老师，在施行教学时我们固然应该对儿童的个人感受和想象能力加以考虑和尊重。但这种取态仅可以作为教学的出发点，而非目标。美术老师在教室内应该发挥比仅仅提供鼓励和制作材料更大的作用。

或许很多人碍于存有一种艺术学习的传统观念，未能确切认识到"感受力"是一种可以经由学习得来的能力。艾斯纳指出从心理学的角度看，我们并非与生俱来便有"观看"的能力，我们是经由体验以及训练，或者种种错误尝试而建立某种认知概念。

"看东西"可以在智慧增长的过程中，构成知觉的认识。所以在教学中多为学生提供不同类型的参考资料是非常重要的环节。很多关于知觉的研究均显示，在婴儿时期，便已开始会逐渐协调自己的视觉，并且能学习如何集中视点，跟踪移动的物体，以及预期在自己处身的环境中，在视觉上可能出现的物体。稍后更学会开始把成人所称为语言的种种声响和视觉影像结合，最后并且逐渐学习使用这些语言作为影像的代替品。

在对自己家中小孩由出生到三岁成长过程的观察中，令笔者对上述婴儿"学习能力"的发展，有深刻的体会。并且相信，直至小学阶段，儿童通过视像学习，仍然会是很重要和很有效的手段。只可惜传统教育制度的设计，仍未认识到这种"另类学习"的效用，而作出相应的课程安排。

希望今后有更多老师在修读学习理论时，了解到在儿童心智发展的过程中，知觉、视觉感受均有助于概念的深化。认识到当一件物品被知觉所感受并加上标签后，便能够在认知过程中反复使用。当概念被确定后，经由视觉探索去强化知觉感受的意义才会逐渐消失。

为何老师不太用板书板绘

如果美术教师，充分认识到视觉影像的传意功能，可以为成长的儿童，提供多一点视觉经验，保持儿童对影像探索的积极性，则对儿童的心智成长，有莫大的裨益。

从个人的工作经验中，发觉最简单直接可以为学生提供多一点视觉经验的手法，便是板书板绘。即利用白色或颜色粉笔，在黑板上书写学习重点，制作程序，或是让学生描绘各种在创作上可以利用的图像。这样一来既可以通过板绘活动，让学生有机会在同辈面前展示自己的创作才能，同时他自己也成为一位小老师，使其他同学在课堂观察中，掌握某种绘画技巧，另外，我们若能将大量和课堂学习有关的资料留在黑板上，学生遇到有不明白时，便可以在黑板上找寻答案，慢慢可间接培养学生的自学能力，老师更可省却不少重复解说的麻烦。所以美术教师应多利用板书、板绘这些经济有效的传意技巧，充分发挥视觉刺激的优点。

很可惜，在传统的学校教育制度中，老师却不自觉极力强调阅读的技巧和语言的认识，这便会导致知觉教育受到遏阻。于是乎，学生在缺乏足够知觉经验的情况下，一切认知的发展很快便会停留在简单概念的层次上。甚至在强调知觉发展的美术教学，老师的教学设计，绝大部分停留在单向讲解的形式上。

在这种概念发展受到局限的学习环境下，要求任何人运用有限的知觉去作艺术表达（这些知觉更不曾由外在环境转化而来），创造视觉造形结构；而这些结构还需要能将学生的意象和感觉得以进一步发展。

这种对学生表现一厢情愿的要求，正是众多美术教师所犯的通病。

单靠材料便能创作吗

一般美术教师，大都未认识到视像传意的效用。在设计教学时，往往把注意力集中在如何提供一些能表现各种美术媒介造形的物料，这也间接使课堂教学效果受到美术材料公司的影响。大部分教师，均没有细心考虑如何引导学生想象，如何善用学生已有知识。

老师们似乎并不了解如果学生缺乏将知识转化为更深一层概念所必须具有的技巧，单靠提供材料也不能通过各种美术媒介，创作出具有意义的新形象。同时在学生们心灵深处所蕴藏的理念、意象和感觉，也不能通过明确的概念，化成公开、具体、传意的形体。

艾斯纳指出如果公众了解上述所提的知识

转化过程后，有一项大家曾经面对的问题便会较为清晰——尤其是对那些长久以来努力研究绘画、雕刻、版画而有时感到困惑的人士——那便是，艺术表现所需要的技巧，并不能因个人年龄增长便可以自然获得，艺术的发展也并非和生理成长的进度成正比。相反，任何人（包括美术教师和艺术家）所具有的所谓创作技巧，均是由当时较有学识、经验的人所传授。而且许多创新技巧，更加需要通过各种系统性学习过程才能获得。例如有时会弄坏一张昂贵的水彩画纸；有时会烧坏一窑粘土雕塑等等。从这些错误的经验和视觉体会，以及"观看"真正优良和富有启发性的作品等活动，都是学习的必然过程。艾斯纳指出我们没有理由假设儿童不需要任何指导，就可以表达出各种艺术内容。

任何一位美术教育人员必须明白，使用视觉形象作为表现意念的工具，是一种可以经由学习得来的能力，而老师的职责并非仅是提供材料和鼓励即可，美术教师所能发挥的职能会较一般想象为多。

为何美术教育不被重视

　　基于笔者曾进行众多的课堂教学观察，所以建议教师若要改善美术教学的效果，首先他们必须认识到积极的指导（特别是在进行练习和制作前），未必一定会带来死板和机械化后果。相反，如果缺乏指导，恐怕学生在经历十多年美术教育后，仍然只能带着那些八九岁儿童才有的原始意念踏出校门，更谈不上有创作能力和敏锐感觉去发展视觉艺术。

　　在香港甚至出现更坏的情况，那便是每年成千上万的儿童，在他们逐年升级的过程中，对美术创作的兴趣和自信心却不断下降。当笔者和很多教师谈到这种反教育的现象时，老师们的解释往往只会归咎学生没有美术天分。他们从来没有反省自己的教学设计是否成为"帮凶"，学校也从没有考虑建立任何学习评估机制。进入 90 年代，我们的美术教育仍然停留在自由创作，自由教学，自由评分的落伍模式中，这才是社会人士不重视美术学习的原因。

　　艾斯纳所要进行讨论的第二则神话是："美术教育的主要机能是通过艺术，以发展儿童的一般性创造力。"

艾斯纳博士指出，赞同此一信念的人会这样辩护："如果缺乏创造力，就不可能有艺术，所以艺术与创造过程是密切地关联着；既然大多数儿童将不会成为专业的艺术家，所以试图使他们运用创造力来制作艺术就是愚不可及的想法。艺术仅可以用来发展儿童的一般性创造力。进一步而言，因为所有儿童都具有创造的潜能，假如逻辑和规则的限制对儿童制造太大的压力，则这种创作潜能便不可以发展，所以，一种较为自由、较为随意的取向，似乎也很合理。"

培养创造力是美术教育的专利吗

艾斯纳对艺术创造力的发展有不同的理解。他认为假如我们因为艺术是非语言的、超逻辑的，甚至是先于语言的，而去假定艺术是一种完整的传意工具，认同艺术活动能开启感情和创作源泉，便因此以为学校里的艺术活动，在开启并且滋润每一个儿童创作潜能的发展上，具有最大的贡献。坚持这种观点，教学便可能会出现偏差。

虽然有些教育心理学家，会引用 70 年代英国艺术治疗协会期刊里，一篇论文的观点加以辩解。该篇论文认为："在今天，对于所有年龄的学生而言，因为在大多数学院式的课程里，教师们把语言的知识和技巧不断灌输在儿童身上，所以对儿童真正的成长和发展形成了一种障碍。甚至美术老师只关注正确地使用艺术材料，因而牺牲了每一位学生个性和创造发展的独特性。至于训练美术老师的目标，也着重在他们能否帮助学生使自发性的艺术表现，得以从无意识中解放出来。美术老师特殊的艺术训练主要用于帮助学生解脱压抑和无意识的感情束缚，达到自发性的语言表达和实现自由的艺术表现的目标。"

因此，很多人都有一种想法，美术老师在创造力的发展和促进心智健康的服务上，其身份应该部分是治疗家以及部分是助产士。这项观念在美术教育发展的史料中已十分显著，这项信心可概括为：艺术教育在启发儿童的创造力上会有很大的贡献。

艾斯纳指出表面上，这种信念似乎没有什么不对。而且创造力也确是一件好东西。但我们可有反省，现实上美术老师在创造力的发展上并无特殊专利权，任何学科只要有良好的教授都能在原则上发展儿童在那学科上的创造力。

只靠单一目标怎能提高美术教育地位

创造力的发展对儿童心智的成长的确重要。但既然这种效能并非美术教育的专利，艾斯纳博士认为其他学科通过有系统的教授，也可以开发儿童的创造力。如果美术教育工作者还会因为一项普遍性的教育贡献而认为教育的时间和金钱都应该施用在他们任教的科目上，显然很缺乏说服力。

作为学校教育的一员，我们需要认识到，在任何学科里，任何教育课程目标的确定，不但需要对那项学科的特点有所了解，并且还需要了解学生以及他们所生存的社会。

任何学科在教育上是否有价值，乃是以相当可观的比例，取决于那项学科所能达至的教育目标。艾斯纳博士以他丰富的教育行政经验，对学科地位的评估作了进一步的解释。他指出当我们同意某件事物对于某人或某群体是有益处时，在教育资源的分配上仍经常要考虑到优先次序的问题，有些东西可能被认为十分有价值，但相对另一些东西却会变成较次要的。因此，如果我们把一个单独的目标，描述为所有时代以及所有儿童在艺术教育上的唯一目标，是非常危险的。

我们要经常思考，负责任的教学设计需要对效用的轻重加以判断，并且对优先次序加以组织。我们要明白，艺术教育不但要带给青少年一些有价值的东西，并且那还应是独一无二的。

什么是美术教师所能贡献而其他学科教师却不能提供的呢？可能有些老师还会执著，纵使美术教育对艺术创造力的发展没有贡献，但对学生一般创造力的发展仍会有作用。但艾斯纳博士却指出，很少有证据可以证明这种假设正确。创造能力的转移范围，可能比我们所相信的还要狭窄。

美术教学可以有什么贡献

艾斯纳认为美术教师在教学上的贡献大致有三点。

他认为我们首先要相信美术教师能够把知

觉加以修饰和发展，懂得把现实生活的物质世界借着视觉经验化为美的条件。正如一位生物老师可以帮助学生看到一棵树，而把它视为生物的一种；历史老师可以帮助学生将那棵树看成另一个时代的遗产；化学老师可以帮助学生把树看成一群分子的聚合。可是只有美术老师会帮助儿童把四周事物看成一件件有表现性的视觉形体。当然，生物、历史和化学老师亦可能为树的"表现性质"而感到欣羡，甚至帮助儿童看到这种特质。但是当他们进行这方面的分析时，他们便不是在教生物、历史或化学，他们便变成在教艺术了。以上这种角色理解，将会帮助美术教师了解自己的角色，促进美术教育的发展，并且充分掌握自己的特色而不会和其他学科的工作有所混淆。

其次，美术教师可以帮助学生把自己的理念、意象，以及感应变为一些公开的视觉形体；而其他科目的教师却不可能在专业上负责或训练学生去达到这个教学目的。

最后，美术教师还能够帮助儿童欣赏艺术品之间各自的关系（不管是大是小）以及它们所产生时代的文化。而对这种交互影响的了解，正是通才教育（Liberal Education）其中一项目标。

我们相信这些贡献在教育课程里并非次要的，其价值的优先次序在大多数教育的体系里应该是十分高的。学会观看视觉形体表现性的力量乃是一种能力，而这种能力在整个一生里是十分有用的。我们要让学生能利用表现的形态而非仅会利用现在充斥在学校的语言形态。这样才可以为学生提供选择权，从而让他们扩展人类的表达自由度。这种方式与社会学和哲学所能提供的方式有所不同。

注重过程和成品会互相矛盾吗

美术教育里第三则神话是相信"美术教育最着重的是学习过程而非学生最后的作品。"

以上的见解，似乎是一项经常被人提及和好像深刻的哲学彻悟。这则神话和创造力的神话相关，两者都强调对儿童最有教育意义的是他们在做一些东西时所经历的过程。这种信念的支持者认为，如果将教育的注意力从过程转移到成品时，儿童的成长有可能受到损害，所以必须将教学目的放在如何去做上，而不是强调在做什么。

虽然我们不会强调相反意见，认为成品应比过程更重要，然而美术教师也必须认识到把作品和过程分割为两截也是一种错误的安排。首先，没有一件成品不需采用某些类型创作的建立过程，同时其中牵涉到的技术程度也会关系到成品的实际表现（不管成品是观念化的或是实质的）。反之，我们所预期的成品或观念的内容亦会决定我们所采用的制作方法。并且会为我们的选择提供一种批评的标准。

坦白一点，从个人工作经验观察，除非是一位非常认真细致的老师，否则大部分教师在教学中，不大可能完全察觉到儿童所进行的过程，我们所能看到的也只会是那些过程所显示的实质形象——制成品。而事实上，根据这些不同阶段的产品，我们才能对学习过程加以推断。不重视儿童的作品，将使教师陷入无助的境地去把学生的学习过程加以推断。此外，只注重作品，我们也没有任何价值判断基础，去把儿童所参与的学习活动，放在教育层面上作某种形式的评估。

因此，过程和作品就像钱币的两面，决不能单独存在。艾斯纳指出教学过程可以因为教师对作品的注意而加以改善；而作品的素质，亦可借教学过程的调整而加以改良。

美术学习可否自由放任

假如美术教师能够兼顾学生的学习过程以及最后成品的表现，当然可以大大提高美术教育效果。就算一些教师，对其中一项有所偏爱，虽然理论上不能算作完整教学，但学生们至少也有机会获取一部分学习成果。

然而可悲的是，大部分的教师，对于"过程"与"成品"两个环节都没有事先计划，只是利用一大堆的物料，打着自由创作的旗号，让学生无意义地消磨整段课堂学习时间。所以有时笔者宁愿老师们相信一点神话，起码可以使教学变得较为积极和主动。

而美术教育里的第四则神话是相信："儿童比成年人更能清楚地看到这个世界"。

其实这个空泛的观念也被其他教师引用。持这种信念的人认为，儿童的知觉并不像成人那样疲惫，他们并未染上恶习使得心眼受到蒙蔽，使得心灵麻木。因为年幼的儿童，能以新颖的眼光来观看这世界，注意到成年人会忽略的事物。因此认同这种观点的老师会强调不应对青少年加上任何规范，不应用成年人的艺术向青少年展示，以免影响了他们纯真的观点。天真质朴和自发性的存在，证明了老师并未干涉；而儿童的世界观仍然是幼稚无知也会是另一种相连出现的事实。

在创作的领域中，模拟儿童的看法和描述，乃是一些成人艺术家在他们自己的作品里所追寻的一种目标。如果坚持这种论点，我们会发现当儿童入学后，在他们的知觉和制造的作品里，那种新颖感和自发性受到遏阻的悲剧便会产生。艾斯纳指出当儿童到了8岁或9岁后，想象力便会变化，而再到青春期更会枯竭殆尽。

因此希望大家能理智分析，不要忽略有那么多的证据，证明了感受力的改进是一种逐渐累积的成就，而高度修饰的感受力，通常更需要许多聚精会神的努力来达成。

为何"整体知觉"有所不是

关于儿童的心理感受问题，完形心理学理论家（Gestalt Theory）如阿恩海姆（Rudolf Arnheim）等曾经指出："感受力的发展并不是以原子单位逐渐聚合构成一个整体，而是从先前未分化的整体，逐渐转化而来的。"我们在婴孩时最早的感受力乃是对光亮和黑暗的区分；当年长时，我们学会在自己认为是单纯的事物上，看到越来越多的内容。

对儿童的感受力比成年人更为广博这一信念的一项严肃的批判已由依兰维格（Anton Enrenzweig）发展和确定。在他一本非常有趣的书《艺术暗藏的秩序》里，依兰维格争辩道："儿童直到8岁，他们对这个世界的感受力乃是综合的，属于一种观看的形态；在这种形态里，慎重地审视着整体并且发现一些线索，而让他们观看到分析的眼光所看不到的关系。"

关于"分析的眼光"，依兰维格说是开始于七八岁，而控制成年人感受力的倾向乃是另一种感受力的形态——是由逻辑和推论的理性所严密控制的。分析的眼光并不是很迅速的审视情况，而是以元素形态，慢慢堆积而成。

毫无疑问，感受的习惯（例如我们所经验的知觉是不变和可预期的，以及有稳定性机能）有时会妨碍体会视觉领域的一些外貌，美术教育或者可以帮助克服这方面缺憾。但是我们也毋须困惑于这种缺憾，反而我们要注意儿童较为整体性感受的倾向，可能会出现两种后果，整体性感受会引导儿童忽略成长期在图画里所看到的细节，以及引导儿童漠视在性质上细微的东西。

我认为美术教育其中一项主要机能乃在培养一个正确感受的学习形式，使以前被忽略的事物变得明显生动有趣。美术教师可以扮演一个批判角色，去帮助学生掌握视觉分析和综合的学习技能。

为何不可以评量艺术品

此次想讨论的美术教育里第五则神话是："教师不应该试图去评量儿童的艺术作品，因为儿童的心灵与成年人的心灵在性质上是不同的。"

艾斯纳发觉向来很多人都普遍存有这种信念，认为成年人不能像儿童一样看待这个世界，儿童眼中的世界也和成年人的不一样。而艺术并不像学习拼写生字或社会历史，属于个别性和私人的事，除了创作者本人外，不应该接受其他人的评量。同意这种观点的人会更进一步认为外在批评标准的增添，不但不适合，并且在儿童的心中或会产生焦虑，因而封锁了创作活动所必须经历的思路。

总而言之，很多人（甚至大部分的美术教师）都会认为，为什么一个七八岁，甚至是十多岁的儿童，在艺术的创作中需要接受评量呢？美术不是学校课程表里少数可以让儿童不受拘束的地方而免除人为或世俗的标准和规则吗？艺术里所追寻的应该是个人化和可以自我预期的，而不是先决形式的产品。

但作为一位认真积极的美术教育工作者，我们必须明白，实际上宣称对儿童美术作品不应加以评量的人，在看到他们认为是拘束的作品时，却是先表露出自己的专横心态。这种事实对他们而言已是一种惯性，似乎不构成任何问题。从笔者工作经验中反映的另一面事实却是众多宣称自己不加评量的人，评量却仍然在每个教室内一直进行着。其实评量本身没有什么不妥，不评量儿童的艺术作品，相反可能会是教育上不负责任的行为。

笔者经常鼓励美术教师探讨各种课堂上的评量方式，例如比较、分析、自白、公开讨论或局部性能力衡量等等，希望刺激学生对自己的艺术创作有一种具延续性的关注。

如何评量学生的表现

教育是一种既定价值的活动。身为教师，我们便不仅要关心如何诱导儿童心理与思维产生良好的改变，而且还要关心如何维持和加以改进。假如教师不评量学生的作品，他们又如何决定儿童的表现对自己的美术成长是好是坏呢？当然一切强逼、干涉，以及无感情的评分都会伤害儿童美术的成长，但是任何事物都可以过渡到更为合理的发展方向去。

虽然我们会认同无感情的评量是反教育的，但我们也不应支持另一种极端的做法，不对学生的艺术创作表现加以任何评量。此外无视于作品的品质以及在作品上所花的努力，而单单空泛地称赞儿童的作品，只要学生在意的话，也会招致相反的效果。假如儿童在制作任何东西，不管是多么粗劣，都会受到例如"很好，你可否介绍一下自己的作品"的夸奖话。儿童听后很可能会产生一种疑问，认为自己的东西其实没有什么重要和可观性。相反，儿童会喜欢那些有深思的指导和批评，因为那样才会证明他们的老师对自己和作品肯加以认真考虑。

艾斯纳介绍在美术教学的过程中，有很多重点可以加以评量。例如对于儿童所制作的作品，我们可以评定其创作能力或独立特性，可以评量它的技巧和制作素质，可以评定其美的性质。至于儿童本身，我们也可以评定他们对自己作品的满意程度和投入感，以及他们对自己作品的批评或者对别人作品的批评所表现的了解程度。

美术老师应该明白他们需要对学生的作品和行为仔细加以评量，这不但会对学生的成长有直接的帮助，并且还可以提供在课程改进和施教上很有价值的资料，以检查自己的教学效果。

语言化的艺术分析是好是坏

美术教育界传统信奉的第六则神话是："老师不应该谈论艺术，因为语言经常扼杀艺术。"

持这种信念的人可能认为艺术毕竟是一种非语言的活动，因此对艺术表现便产生一种不可推论的界定，认为欣赏这种形式的最佳方法是经由直接的视觉经验，而非经由语言分析。

很多人都有一种想法，认为将艺术作品放在语言范畴去分析可能并不适当。

这种看法似乎很富哲理性，把美术作品提到构成语言本质成份的讨论上去。有些人更害怕因用语言描述便会割裂了作品所具有的有机整体意义。再进一步分析，现在的学校教育也过分沉湎在语言化的巢窝中，我们会发现没有比学校这种架构更拘泥于语言的特征上。

艾斯纳对这种在 60 年代学校教育偏差的体会，就是在 90 年代的今天，仍然丝毫未有改变。我们要反问为什么像美术这种非语言的区域也必须在一个早已灭顶的语言化学校里遭受字词的攻击和映射呢？然而就算教师肯鼓励艺术讨论，但是因为儿童在学校里所能发挥的语言技巧也非常有限，所以使对美术的分析所能取得的收获也相对狭小。

虽然我们也要承认字词并不能充分代替视觉艺术来作为美感经验和感性领悟的来源。其次假如视觉艺术的作品，能够被语文论述所再现，那么可以用作表现和沟通的视觉媒介，其独特性和需要性也许会消失，因此要小心平衡。

艾斯纳认为批评家是一种负有专业职责去讨论艺术的人，应该致力使人们对艺术的感受力变得生动。他引用杜威所写过的话：批评的目的对于艺术品的感受力具有再教育的作用。批评家好比美术的助产士，要运用语言去使没有感受艺术品经验的人产生新的生命。

艺术批评的作用在哪里

在艺术的评论过程中，批评家所使用的语言并不是作为艺术品的代理人，而是作为一种新的指引，提示出作品许多有可能被忽略的特点。可是在课堂教学中，当表达言词的能力和学生的程度不配合时，学生只能运用一般性的言词叙述，这样艺术的特质往往会被平庸语言化的分析所扼杀，这种后果其实和艺术品本身是否被广泛讨论无关。

艾斯纳强调美术老师除了沉默地站在视觉艺术品面前外——不管是自己学生的作品或是艺术馆里的大师级作品——其实还可以有很多事可做。

美术教师应具备的条件，其中有一项在教育上极为需要的能力，乃是学习如何清晰地、感性地、轻松地去谈论艺术；然而这一点在师范教育的课程设计里却往往最为人所忽略。导致大部分教师未能充分运用视像和语言两种传意技巧去提高教学的成效。

教师必须认识到视觉艺术和语言文字，两者都具有传意功能，并且在知性发展上可以互相补足。毋疑，有时一张好的照片或图画，的确可能胜过千言万语的描述，但在一般的情况下，无论是学生的练习或者大师级名作，有时未必可以巨细无遗地包容作者一切内心感受；或者一般的观众，也未必具有足够的美术语言训练去理解视像的传意内容，这样对艺术品加以语言化描述和评论，是有存在的必要的。

笔者在上段文章中，也曾提及美术教师可以多利用板书文字去加强传意效果。其实这种技法更可间接丰富学生的艺术词汇，方便对作品加以评量。试想如果儿童们懂得用"构图匀称"、"线条流畅"、"对比强烈"、"取材丰富"、"意念空洞"、"色调不协调"等词语去表达个人对美术作品的观点，教与学的双向交流不是会更容易进行吗？

强调材料和媒介有何不妥

最后，美术教育的第七则神话是人们相

信:"最佳的小学美术课程乃在于能够提供最多的材料去让儿童制作。"

这种观念,在大陆、台湾,以及香港地区的大部分美术教师中均普遍存在。艾斯纳指出支持这种想法的人往往基于一种信念,认为儿童有机会去探索不同材料是极好的学习安排,因为这样可以帮助他们更敏锐地感受不同的纹理组织并且可以为学生提供众多的表现途径。

的确,每一种新材料都有特殊的触觉和张力特征,有什么方法能比在教室里以这些材料来制作更能帮助儿童扩展他们对物料特征的认识呢?众多的材料起码可以扩展儿童的视觉经验,这也符合教育的主要目标。

笔者在很多文章中都剖析过,如果美术教师对物料过分执著,教学便会出现偏差。艾斯纳也曾引用美国教育家巴肯的看法加以佐证。

巴肯曾指出,只要仔细留意一些美术教育书刊或文章,便会发现很多美术教育工作者都相信应该使用较多的美术媒介,并且他们会用所使用媒介的数目来判断自己的教学是否有效。为学生提供的媒介和材料越多,他们就会以为自己教得越好;学生所接触的媒介和材料越多,教师就会认为学习效果越好。

艾斯纳表示，假如你与许多美术教师谈论，或者是那些预备成为美术教师的大学生谈论时，要他们告诉你何谓优良的美术教育课程时，几乎所有人都会把众多媒介的经验列在自己价值评估准则的优先考虑中，同时大多数人不断追求的教学目标也会是新的媒介。

如果教师对美术教育只有片面的认识，教学取向便可能会往媒介和物料的夹缝里钻，学生的智力便不能得到全面发展。

什么是艺术表现的重点

巴肯虽然认为通过学校教育而使人类经验得以扩展是一项应该加以肯定的目标。只要经验是积极的并且对成长有益的，谁又会反对呢？然而在学校美术课程的类型里，或者是在众多美术物料所经验的深度和广度上，巴肯指出一项混乱的情况，认为短暂地体验新材料和媒介制作，通常是一种限制而非扩展的经验。

美国的小学美术教育特征是周复一周地作为计划基准，从一项教学单元移到另一项教学单元，儿童很少有时间获得使用材料来作为表现媒介的技巧。在 90 年代的香港小学美术教育，这种情况也没有什么改进。通常小孩是被动地专注于材料的操作，而很少有闲暇注意媒介表现和审美的考虑。老师似乎忘记每一种新材料对于儿童学习都有新的要求，儿童必须有时间来熟悉这些材料，最后懂得运用材料作为自己意念的延伸。

儿童以一周或双周为基准，匆忙地从一种教材或课程转到另一种材料或课程上去，这种安排导致美术课程变得非常散乱琐碎。对美术创作的学习，并不仅是在堆积颜料或粘土而已，教师应该指导学生正确使用物料、控制物料，并且提示何时与如何利用制作过程里所发生的偶然效果。这种观点在笔者的上一节《美术教学新媒介——纤维艺术》文中有详细讨论。

我们要明白艺术表现的学习是指能够充分掌握材料的特性并将之转变为媒介，假如创作技术的发展会因为从一项材料转变到另一项材料而受到阻碍，这种转变的效能便不可能发生，所以教师有必要小心设计教学的安排和进度。

现在许多小学的美术课程受学校行事历的限制，倾向单元教学。这不仅是由于教师相信儿童应该以众多的材料去进行制作，并且更由于老师根本不知道自己在美术教育上所应追求的目标是什么，因此他们也就集中注意力在新的制作活动或单元教学上。

教育失效的症结在哪里

笔者在其他的文章中也曾指出，现在美术教育的问题，学校美术课程编排和教材选择故然亟须改善，但教师个人的能力和素质，也是另一个要加以关注的环节。例如过分强调单元教学已可能影响教学效果，同时，基于师资素质问题，许多老师在介绍一个教材的粗略制作技巧后，就用尽了气力，因为他们不知道如何帮助学生去进行有效学习，或是如何以那教材为基础继续进行延展讨论，他们只好转移做些次要的事去介绍新活动或新教材。

这种教学策略以他们的能力而言也可算相当合理，大家可以理解为一种权宜之计。而教师强调材料及媒介的重要，实在是一种以理性上的理由来使自己行为合理化的一种感性判断。虽然这种策略不应被视为合理的法则。但比起堂堂"自由画"，学生也可以有多一点收益。

以上所介绍有关艾斯纳在 60 年代提及美术教育界所流传的一些神话，在 90 年代的今天，似乎也有很大程度的现实性和启发性。其中每一则仍然影响着学校美术课程的施教。如果我们不能清楚审视这些信念和作出反省，那么美术教育便不可能在理论上或实际运作上能够有所成长。

笔者不厌其详，将艾斯纳的观点和香港美术教学上种种偏差加以介绍，目的希望能够引起行内人士的关注，能够有更热烈的讨论当然更好。更希望大家能明白，限制美术教育的发展，除了资源不足，教师培训不足，学校行政不支持等原因外，美术教师本身观念的保守和偏差，会是更大的障碍。

但愿美术教育工作者在努力发展这个专业的同时，要弄清自己对美术教育的价值取向。理念清晰，目标正确，教育成效自然可以事半功倍。

八、香港基础美术教育检讨

　　从以往的工作经验中，笔者发现有很多人批评为何香港没有够份量的艺术家、没有国际水准的设计家，其实除了笔者以前曾提到香港政府的文化政策不鼓励培殖视觉艺术的发展外，只要他们有机会走到中小学的美术课堂去看一看，便可以明白，香港美术水平的低落，以及市民对视觉艺术的冷淡反应，实在有其根本原因，就是基础教育的失败。

　　一个地方基础美术教育的成败，会受到很多因素的影响，例如课程设计、师资培训、教科书的编写，资源运用和行政支援等等。

　　首先笔者想谈谈课程设计的问题。

　　由于香港政府不承认学前教育为一种常规教育，所以没有为幼稚园设定各个科目的学习纲要，只是整体性提出一些教学指引。整个课程设计利用十二个学习单元去贯串。美术教育方面便不可能有具体的计划，更由于师资方面对美术的认识水平有限，美术教育只是集中在简单涂绘拼贴上，这些只能算是美术活动，完全没有明确的学习目标，更谈不上学习评估。学前教育完全忽略幼儿时期对视觉和触觉非常敏感这种特性而未对之加以利用。无论在教育角度或是美术角度衡量，都不能产生积极成效。更不幸的是，大多数教师，要不是采用自由创作观念，任由幼儿无目的地涂绘，便是为了方便教学，要求学生依照单一造形临摹或采用套装教材加以仿制。

而这种集体生产的教学取向，在小学和中学的学习过程中，也有很多重复出现的例子。

其实按照常理，中小学已划入常规教学范畴，已编定了各级美术科课程大纲。基本上学校的教学计划，须与教育署的基本要求配合。然而因为中央课程设计欠妥当，教学的监察欠积极，教师培训不足，以及学校的因循运作难于改变，使得学校教学计划失去控制。

小学美术新课题

香港小学的美术课程设计，过去三十年也经过数次更改，由最初的手工、木工、针纴、劳作、美术等分科教学，到后来在 1981 年所颁布的"美劳科课程大纲"，将各种教材分为五类合并为一科进行教学，这基本上是课程设计的一大进步。

然而由于当时负责编写课程的人员，对课程设计的理论认识不深，没有一个核心的主导思想，再加上采用分工编写方式，因此使得各类教材缺乏协调，各级教学也没有明确的发展进度。不要说没有受过美术教学训练的兼任教师，就算是所谓美术专科教师，也需要将课程大纲反复阅读才可以粗略了解课程的教学要求。

更不幸的是，课程设计者，没有正视当时很多教师均因循地将美术教学内容分为涂绘和拼贴粘合两类，而仍然采用英国的过时观念，将课程的名称改为"美劳科"而不是"小学美术科"。这种人为的"语言障碍"，使得该课程虽然已推行十多年，并通过众多培训课程去建立"美劳合一"的概念，可是时至今天，仍然有超过四分之一的学校美术科进度设计，是分"美术、劳作"两份编写的；亦有一部分教师，以为将美术教材加上一点拼贴，或是将劳作教材加上一点彩色，便是"美劳合一"，因而忽略将绘画拼贴、版画、基本设计、立体制作、美术欣赏等五种教材均衡分配在课程进度中。

希望现时即将修订完毕的新课程能正名为
"小学美术科"，并需要具有自身一种课程结
构，例如美国的"以学科为本的美术教育课程"
（DBAE），强调美术教学须包含知识、技能、
社会文化及美术评赏等四大范畴。更希望能够
将素描教材，从图画制作类抽出，使教师们注
意到素描训练的重要性而愿意分级施教。当然
若能将一些共通的美术元素分配到各类及各级
教学中，更能使课程的连贯性大大提高。

断层式课程编写

笔者在以前另一些文章也曾提及，一项课
程得以成功地推行，除了教育当局事前能配合
学校的实际教学处境去编定一份教师的容易接
受和施行的课程外，还须依赖学校有一套健全
的科务运作及课程编订准则，以便协调教师对
课程理解的个别差异问题。

不幸的是，美术教育在基础教育体系一直
被视为"边缘科目"，学校行政阶层和很多科任
教师对于科务运作都不曾认真考虑效果问题。
香港的小学除了兼教情况很滥（过去二三十
年，很多学校都有超过半数非美术教师去兼教

美术）外，课程的进度设计，也是 50 年不变地沿用那种断层式的取材和进度编写（笔者手上有一些学校二三十年来的科务会议纪录可资证明）。

学校每年美术科的取材和进度编写工作，通常在临近开学前，各班科任名单确定后才会展开。而进度设计主要由"级头"（即各级的科务统筹）负责，而编选原则可以非常个人化。还有一些较负责任的"级头"，也只会询问一下同级科任教师或是参考去年该级的进度。如果要找新教材，便会翻阅一些手工艺书籍或是索性订购材料供应商建议的套装教材。在我接触到的千余名小学教师中，绝少有参考教育署编定的"小学美劳科课程大纲"，更不要说翻阅教育性书籍去自行设计教材。

通常科主任在开课后三四周便收集各级进度而成为该学期的课程内容。至于各级课程的取材是否有重复、教材对高低年级能力的适应性是否良好、每级各类教材是否配合课程建议的比例要求、每周教材所设定的教学目标是否具体明确、教学计划与制作步骤的说明是否清楚，则很少认真加以审核，对各级课程设计的断层现象，更无能为力。一旦教师发现教学有问题时，也只会用一些消极方法去自行解决，而很少通过科劳会议去表达、纠正。

教学质量无从保证

现时小学美劳科普遍采用的断层式课程编写，致使美术教学失去最基本的质量控制。笔者认为，基础教育基本上属于规范教育的范畴，每一位学生，在不同的级别均应该掌握若干具体的知识、观念或技能。然而，如果我们随便问一问那些刚小学毕业的学生，他们在美劳课学了些什么？他们通常只能空泛地回答：画过国画、做过手工、印过图案、用废物砌过模型。很少学生能够说出学过对比效果、版印技术、空间运用、造形变化、构图技巧等，或是懂得用色彩艳丽、构图均衡、线条流畅、对比强烈等词汇去表达某些作品的特点。

但事实上，只要你随便翻一翻任何一所小学一至六年级的美劳科进度表，都可以发现上述例举的美术知识和观念，基本上都包含在课程的取材设计内。而教学失效的原因不在学生能力这方面，主要在于学校美劳科课程的编写和执行上。

相信香港的教学课程，没有那一科像小学美劳科一样，长期由超过半数的"不合格教师"负责教学，甚至主宰一切教材选择、教学计划、学习评估，甚至科务统筹。今年他们被安排教四年级，便将自己主观选择的教材安排在四年级，明年教五年级，便原封将整个进度搬到五年级，后年教三年级，又再搬到三年级，而科主任多碍于权力与人情而无从协调。

　　更不幸的是，众多小学的美劳科进度，长期有百分之三十以上的误差，任课老师更可以自由调整，随意增删，校内外人士根本无法掌握该年度学生究竟学了什么教材，长期无法利用学生已有知识这种最基本的教学手段。

　　众多负责编写美劳进度的教师可以十多年均不用参考教育署的美劳课程纲要，可以长期将教学目标与教学过程互相混淆，可以随意叫学生自行回家完成作品，可以主观地给学生习作评分，可以任意地将美劳课挪作其他学科的补充教学。试问学生学习表现又如何保证？

中学课程的失控

　　香港小学美术教学课程编订所出现的欠

缺，在大多数中学（特别是初中阶段），都普遍存在。虽然从比例上来说，中学美术教师有许多曾经受过专科教学训练，每所中学的美术教师最多也不会超过三位，没有小学的滥教问题和教师之间个别差异大的弊病，但事实上也有其它体制上及个人的因素，使得中学美术的教学效果强差人意。

从师资培训的角度分析，基本上中、小学美术教师的来源主要来自四所教育学院，中学的美术教师近年也有一部分来自本地及外地的大学。笔者在其他的文章中也曾提出，无论教育学院美术科，或是大学的美术系，均未配合学员的教学需要去编排培训课程，特别是对教学课程的理论灌输及编写技巧，在现时的师资培训内容中，几乎是一片空白。所以可以说大多数中小学美术教师在任职前都可能未看过教育署出版的课程大纲及制订的教学进度。

在中学的体制内，美术科长久以来也是一门不受重视的术科，学校对教师的课程进度安排也没有严格监察，反正美术科很少会搅出人命，只要教师能拿出一点学生作品去装饰学校便成，管他教些什么。而现有的课程纲要又写得太空泛、散乱，需要一个转化过程才可应

148

用，对教师编写教学进度没有实际帮助，所以中学教师一如小学，要四处找寻教材，从坊间的工艺书本及材料供应商的教材目录取材、甚至连教育署专为小学美劳科出版的教学参考资料也成为抢手货。所以如果有机会将小学和初中的教材拿来比较，你便会发现两者没有太大的区别，学生的表现，只有能力的分别，没有学习目标的分别。假如有若干教师同教一科，大多数的运作方式也是各自为政，很少有人作全面协调。而且只照顾自己的专长去设计教学内容也大有人在。

从笔者接触所得，发觉绝少中学教师，对教学课程有整体性了解，会自行编订一套校本的教学课程。希望近来有越来越多的美术教师进修学士学位，会将教学专业水平（包括课程设计）加以提高。

医治教学失效的解药

笔者已在上文指出，原有的中小学美术科课程纲要，编写有很多不妥善之处，未能对课堂教学有一个明确指引。而美术教育的师资培训则无论在教学内容还是培训目标的设定，长久以来均与实际的教学处境脱节，以致学员在艺术创作和课堂教学两个范畴中都得不到适当的训练。再者，加上中小学美术科的科务运作没有一套宏观性的品质控制系统，导致整个基础美术教育陷入一个层层割裂、每一个学习阶段都无法对学生的能力和表现进行明确有效评估的境地。这与基础教育的原则相违背，难怪理工设计系长久以来不以选考美术为招生的必要条件，而港大 1987 年更建议不将美术科编入招生的甄选科目内。

本来要解决上述教学失控的情况，教科书的出版似乎可将问题加以舒缓。可是据知决策当局却因为一些迂腐的理由，一直否定教科书的出版。其中有些人认为美术教学是一种创作性活动，如果所有学校均依循统一的教科书施教，学生的创作发展将受限制，而教师的个别专长也无从发挥。另外更有一些人害怕在推销教科书的恶性竞争的情况下，一些出版商会采用利诱手段，将编写差劣的教科书推销到学校而使众多学生受害。

提出上述观点的人，似乎仍未了解到基础教育是一种规范性教育，所有学生均须接受分科专家细心设定的分阶段学习重点。而美术教学课程设计的重点，如果是放在基本美术概念的学习，不同表达技巧的认识上，并以提高学生一般性学习能力（例如观察能力、理解能力、分析能力、判断能力等）为最终目标，那么在现时学校美术教师的能力差异很大的处境下，教科书的出版最起码可以协调乱局，使得所有身处同一学习阶段的学生，可以得到相同的基本训练。在一个教学基准确立后，我们才有条件去评估学生的能力，使美术科具有其他"学科"同样的教育效能，美术教育的地位才有机会逐步提升。

规范教学与创作发展

在香港基础教育的体系里，相信没有哪一科的运作会像美术科如此混乱和缺乏成效。

试问在小学中，有哪一科目会明知众多教师对学科修养有限，且完全没有教学兴趣仍会由校长主动分配到教室？有哪一科目可以明目张胆地被挪作其他科目的教学补习？有哪一科目的教学进度可以任意调整，而且长年容忍有百分之三十的误差？

试问在中学里，有哪一科目的教学取材可

以长期因人而异无法规范？有哪一科目可以毋须有明确的学习目标和评估准则？有哪一科目被明言最适合成绩欠佳的学生选修？

上述问题已是一些人所共见、非常表面化的毛病，撇开那些社会观念改变、教师专业化、增加教学资源等长远期目标不谈，要初步缓和这种混乱失控的局面，应急的解决方法只有寄希望于教科书的出版。

某些人认为有教科书会限制学生美术创作发展的忧虑，其实可以在教科书出版指引中，提出一些建议，加以解决，例如提示美术教科书的编写内容可以分为"核心课程"和"延展课程"两部分。前者围绕课程纲要中各类创作媒介的基本概念加以学习，规定所有学校必须将这类各级核心内容全部教授。

至于延展课程的编写，可以从核心课程的基本概念出发，建议不同的探索和发展。教材的数量和形式可以尽量多一些，让各学校教师能够按自己的能力和教学条件加以选择，甚至如有兴趣，教师也可留下五分之一的课时去作校本课程的教授。

这种课程编排方式，既可解决长久以来各级教学内容极度参差、欠缺连贯、欠缺规范的毛病，另外也可以照顾到美术创作多元化的特性，不会削弱教师个别发展的可能性。

所以只要决策当局能明白基础美术教育需要将某部分教学内容加以规范而推荐教科书出版，那么有关的编写设计，便可作为一种技术问题不断加以探讨。

杞人忧天的禁制

香港的经济成就，相对世界很多国家，均有值得骄傲之处，可是香港美术教育的水平，笔者认为，无论成果和效益，相信比起其他亚洲三小龙、甚至比中国大陆还要逊色，所以近日引起争论的艺术馆双年展评审事件，其实是事出有因。台湾的画廊发展和艺术风气都比香港好；中国新近发展的"政治波普"艺术比起香港的现代艺术更受国际艺坛关注；新加坡虽然地少人杂，但国家对传统艺术比香港要重视；日本的现代艺术和传统艺术能并行发展，更是难得。这些地方都有教科书的出版，也从来不认为教科书会扼杀本地艺术的发展，所以日本学者，听到香港美术教育决策者禁制教科书的论调都感到十分奇怪。

153

而发达国家如美国、德国更以自己能有不同形式的美术教材的出版而引以自豪。他们的教学理念认为，虽然教师可能会各有专长，但是基础教育的目标在于为学生的生活和就业作准备，美术教育的功能在于加强学生的基本能力而非训练学生从事艺术创作，过分强调个别发挥，则不能保障学生在不同阶段均能学到预定的内容。所以虽然教科书的编写未必尽善尽美，但对老师而言，起码有所依循，而那些培训不足，修养有限的老师，更有机会从教科书中自我学习，强化教学能力，所以教科书的出版可谓有百利而无一害。

事实上，监察教科书质量的权力，主要仍然控制在美术教育的决策者手中，能够通得过审批而列在可用书表内的教科书，虽然未必完美，但起码是符合课程纲要和教学建议的要求，很难想象在教育署的监察下仍有差劣的教科书存在。纵使不幸出现，也会在官民的舆论压力下消失。所以某些人忧虑出版商会采用利诱手段去推销差劣的教科书，实无从说起，完全是一种杞人忧天的想法。教育署的责任只在监控教科书的出版，至于经审批后的教科书销售，相信是消费者委员会需要关心的问题，我们实不应过早判定出版商必定采用非法手段。

教学支援

关于教科书出版的需求问题，我们只要在教师间随便作一个口头调查，便会发现绝大部分的教师都会赞成使用美术教科书。特别是小学美劳教师，长期在培训不足，资源有限的教学环境下工作，他们更会乐意在课堂上采用教科书，因为除了可以为学生提供合适的视觉参考资料外，一套有系统、有连贯性的教科书，更可作为很多教师在职培训的工具。

其实在目前的校内教学处境下，要确保学生接受恰当的美术教育，是很需要依赖教师能有效运用教学资源的。根据笔者了解，很多教师经常会为搜集教材和美术参考资料而苦恼，但如果深入加以分析，事实上问题并不是在教学资源的缺乏上，主要是很多学校仍未懂如何有效运用资源。

笔者觉得，在香港这个出版水平很高、印刷品广泛流通、视象资讯发达的城市，要搜集视觉教材或参考资料实在不困难。就算随便在任何一个购物商场里绕一圈，多多少少都可以拿到一点教学资料和参考范例。除此以外，也有很多校外的文化和艺术团体，例如市政局艺术馆、艺术中心、英国文化协会、美国图书馆、以及教协、地球之友等组织，都可以提供很多有用的教学资源。如果学校有订阅《雄狮美术》、《艺术家》、《摄影艺术》、《画廊》等杂志，更是随时可以找到现成的教材和范作欣赏。至于官方支援学校美术教育的单位——美工中心，更是香港美术教育资料藏量最多的信息库，中心所有的数百盒录影带及数万张幻灯片，都能为教学提供有效的支援。另外一些外国美术教学杂志以及不同地区使用的教科书和教材，更可扩大你的教学视野。问题是教师有多少时间和能力，将这些参考材料转化到课堂教学上去。

关于资源问题，笔者在 1989 年 12 月 12 日《信报》教育栏的《教学支援何处寻》一文已有评细介绍，现在想讨论一下校内美术教学资源的运用情况，并探讨如何加以改善，去减轻教师的工作负担而又能提高教学效果。

松散的科务运作

教育工作本来应该是一项群体合作的事业，然而在现有的学校科务运作中，许多教学工作都只在学期初科务工作分配确定后，便会各自为政，其后互相协调修正的机会不多。遇有教学问题或进度失误，也多是各自私下解决，所以香港教师可算是一种孤独、单干的个体工作。

本来在这种松散的组织文化下，很难进行有效的教学监察，但是因为很多科目都拥有明确的各级课程大纲，又编有教科书方便老师预计教学进度，并且可以附加种种补充练习和不同形式的功课作为学习表现的评估，加上有些科目更有不同阶段的公开考试作为最终的教学监察，所以一般而言，香港基础教育的质量，也不会完全失控。更有学者认为，教科书和公开考试，更是政府控制香港教育发展的有效工具。

相反，上述种种教学监察与评估的机制，在中小学的美术教育中，似乎都不存在。从笔者以前几篇评论香港基础美术教育的文章中，大家可以认识到现存美术教学的课程大纲对各级教学内容的规范有失明确，加上没有教科书去辅助进度设计，而且进度经常可以随意修改，对学生和教师的表现又缺乏有效的评估工具，师资培训和资源运用更是严重影响教学效果的症结，假若政府再一味鼓吹自由创作，那只会被教师滥用作为毋须作教学准备的借口，这大大不利于美术教育的健康发展。

在没有清楚的教学规范而科务运作又流于各自为政的情况下，关于资源运用问题，每位负责教师都要自行搜集教材和参考资料。就观察所见，很多小学美劳教师，在座位下都放有一个纸皮箱用来存放"私伙"教具，而学校的贮物柜，也会存放各式各样的立体制作和绘画，中学美术教师，更会搜罗任何有利教学的废料，虽然搜集资料会耗费很多时间和空间，但因为很多时候没有采用有效的分类系统，所以到头来对教学的帮助却显得事倍功半。

教学大纲与资料整理

中小学美术教师，经常会遇到搜集教材的问题。特别是小学美劳教师，每年都可能为任教班级的变动而烦恼，因此很多人对资料搜集工作投入甚大，甚至会自费修读不同的美术创作课程，除非硬着心肝将自由创作当护身符用。

笔者在教学支援一文中已经指出，假如教师肯认真搜集视觉参考资料，例如印刷品或剪报等，不需一两年便可多到挤满一个小房间。而一般有十年八年历史的学校，也通常留存有大批学生的习作当参考资料用，特别是一些立体作品例如模型、手工艺品和雕塑等，所以也容易产生贮存空间不足的问题。如果光是收藏而没有将资料配合教学需要加以分类，教师也很难应用，而被逼走回自行搜集的老路。

要解决上述资源运用的"费时失事"的问题，似乎仍要从教学规范和系统分类着手。首先我们要了解虽然可用的美术教材非常多，但因为很多教材都有相类似的教学目标，而且每学期的节数有限，所以笔者建议教师参考课程大纲和按照个人能力、学生兴趣等因素加以删减再配合课程建议的学习类型，编写一份各级教学大纲表，先试行一年，然后再慢慢修订。这样，因为大部分的教学内容都已确定，每年需要增修的数量不会太多，可大大减少工作压力。同时在各级各类施教内容清楚后，也会较易针对，找到合适参考材料，甚至可预先在放长假前由学生分班、分类收集。就算是每个学生贴满一张画纸的工作量，一年半载后，已可累积到不少主题的剪贴簿。教师再毋须自己花时间每年搜集。

至于校方的"存货"则应改为按照各级教学大纲表所列的教材分类放入公文袋中，再在袋外列明类型、班级及学习目标，然后，将这些教材分类存放。立体作品也可拍成相片存入教材袋中，只保留极为精美的作品，以供展览及比赛之用。这样便可以大大减轻教师的工作量和贮存空间的压力。当然教学大纲表的编写，还可以帮助所有教师对各级教学内谷，有一个宏观了解，"多利用学生已有知识引入学习"这种教学手段也容易进行。

行政支援

香港基础美术教育成效欠佳，除了受课程设计空泛、师资培训不足、欠缺教科书出版和未能妥善运用资源等因素的影响外，在社会及学校层面的行政支援不足，也是问题的关键。

在目前校政民主化并未普及的情况下，许多时候一问学校的科务发展，校长个人的影响力举足轻重。而且科任教师是否采取积极态度去对待某一科，也会和校长自己对该科的了解和好感有直接关系。

就笔者接触，中、小学的校长很少是美术教师出身，而且很多校长对美术教育的理解，仍然停留在五六十年代那种陶冶性情、自由创作的概念上，未能认识到美术教育对学生学习有什么实用价值，甚至认为可有可无，所以造成很多小学高年级的美术课不时被挪用，作其他科目的补课。而很多中学没有普遍开设会考程度的美术课，也反映出校长们对该科未有足够的重视。虽然有些校长口头上非常支持美术的发展，经常会鼓励教师要参加各式各样的校外比赛，假如科任教师事前没有对诸多比赛加以适当取舍，就很容易扰乱课堂教学的正常运作。当然也有校长喜欢把美术教师当作负责美化校舍的技工，随意指派额外工作，更使教师觉得美术科不受尊重而导致消极抗议。

本来教育署有关部门应该想办法去弥补这些妨碍美术教育发展的缺失，例如专为中小学校长开办一些介绍最新美术教育趋势的研讨会，向学校发出行政指令尽量由受训教师任教，对于随意删减课时、进度误差太大的学校，进行长期监督教育等工作。须知假使能令一位校长醒悟过来，比不断培训二三十位教师收效更大。

至于社会层面的行政支援，希望政府能改变将艺术教育当作文娱康乐服务的态度，认识到独立发展视觉艺术对社会文化和经济贡献同样有利，能在不同教育场所设立专科美术学习课程，打破学校认为学习美术没有出路的观念，这样才能帮助美术教育健康发展。

九、教育学院美术设计科三年级课程调查

绪　言

　　在教育学院所接受的教育理论及教学原则当中，经常最为人强调的是"切不可对学生加诸太大并且未必有正面效果的工作压力，以免影响学生的学习情绪及潜能的发展"。可是在过去的两年多的学院生活中，所感受到的却是工作压力越来越重，而所做的习作，其目的却又每每只为满足那个所谓分段成绩考查制度而已，习作本身的效用和目的许多方面却被忽略。出现这个情况可能是课程的规定工作与实际所需要的时间不成比例。由于社会发展，知识领域扩大，就教育学的范畴而言，所要教授的学课不断增加，于是乎可以利用的固定时间便相应减少，弄到师生两方面都感到学习时间不足以达至预期的教学效果。结果导致要不是导师把特定而繁琐的课题轻轻带过，便是学生应付不了而马虎塞责。所以课程的内容若与学

习时间之间产生不协调时，便会严重影响到教育质量。

自就读三年级美术设计科半年以来，对工作压力的感受越来越强烈，虽然这个问题已经常为人所感，但未曾亲身体会仍不会知道其中不合理之处如此之多，尤其是课程学习类型的繁杂，工作量之多以及时间之短少，真使人有点负担不过来。造成工作压力的原因涉及课程的删改，例如由以前原定的每周30小时美术节数改为15小时另加15小时教育理论及语文课，但原先的美术课程的术科分量，不但没有减少，还因新的教学需要而增加，再加上教育科及语文科的工作量，若要保持以往学生一贯表现，实是强人所难。

但是如果单凭表面现象而对院内的政策加以评论，未必公允，而且对上述的感受只是基于个人的体会亦不可能将问题看得清楚透彻，故此正好乘学习教育研究之便，设计这个课程意见调查，以便将问题作多方面的探讨和分析。在调查中尽量把自己放在一个"局外人"的位置去征询当事人——学院现读美术设计科三年级学生，对课程编排内容及上课情况的意见。

该项设计大致集中在工作量与工作时间的比例上作分析及讨论。而旁及的问题，例如课程的分割——分科选修的可能性、设备与器材、物料供应、场地应用等意见，均对问题的分析和研究有所帮助，故一并收集作为调查研究的补充资料。

导　论

（一）问题的拟定：

是项调查的题目为"葛洪量教育学院美术设计科三年级的课程意见调查（1980）"。所以调查主要是针对院内三年级美术设计科的课程设计，而调查对象则为现在就读该项课程的学生，包括在职教师及直升学员。虽然就课程研究而言，调查范围会显得较为狭小及具有时间局限的缺点，但是对一个长久存在的问题进行检讨分析，则仍具有代表性，而且因资料易于收集处理，可以使问题更突出。

虽然调查重点放在时间与工作量的比较上，但若仅仅将工作量与时间作数量化的处理，可能会跌入统计数字的陷阱中，故必须旁及其他会影响问题分析的因素，因此采用"课程意见调查"作为一个较有弹性及广泛涵盖性的题目。

（二）假设：

该项调查的唯一假设，是学院美术设计科三年级课程所规定的工作分量，不会超出学院规定的正常学习时间及个人正常的功课负荷能力。

假若从收集所得的意见分析，得知课程规定的工作量太重，超出学院应有的学习时间，并且影响个人私有时间及能力负荷，则上述假设不成立，课程有被修改的必要。假若从综合的分析中显示，课程规定的工作量，并未超出学生应有的学习时间，则假设成立，但亦希望将课程调整，并对学生的其他方面的提议加以修正，务求使教育效果得以改进。

问题探讨

（一）美术教师与艺术家

任何专业训练均应有其特定的目的。师资

训练便应以如何帮助学员发展其作为一位老师应有的知识与能力。而学员选修美术设计科，即意味他们将会在学校从事美术教学，所以教育学院美术设计科的训练课程，应与一般艺术学院有别。训练一位美术教师，应该主要针对教授学生如何去启发儿童的美术创作能力，尽量介绍在学校美术教学中可以应用的教材，及如何将已选定素材顺利施教。而美术教师只需对教材的制作过程，其中的困难与创作形式的可能性有一大概了解，而毋须像艺术家般具有足够且独特的创作能力。所以，课程编排，要求学员对每一种教材都一一作艺术家式的创作训练是不切实际的。

另一方面，设立三年级美术设计科课程，部分目的是想为一些在职教师，提供美术教学的深造机会，所以也应尽量配合需要，多介绍新的美术教学方法，去改善学员教学时的思考与理解能力，并且要安排活动使学员有机会交流彼此的教学经验，发掘一些新鲜而且可行的教材。假如只是将精力花在进行那些大型费时的艺术创作上，则不大适宜，这无疑还会加重学生的工作压力及心理负担。

对于直升的学员，他们原先接受培训的目

的，也是想做一位美术老师，希望能在第三年进修中，学习更多新的教材和教学技巧，加强美术教师职业力。反之，花钱花力去扮演一位艺术创作家，忽略原来的培训目的，这实是师资训练的失败编排。如果是一般的艺术学院，其课程当然可以尽量训练学生各种可能的创作技巧，而毋须理会是否懂得将各种美术媒介教授学生，或将之作为一种手段，去培育大众审美眼光的建立。由此可知教育的目的不同，则课程应该有分别。

（二）适当的工作量

在一般教育原则的介绍中，经常提到学生之间存在着个别差异，工作速率方面当然亦不例外。但我们估计给予学生习作的分量亦应使学生能在正常的学习时间内完成，毋须超出工作时限，所布置的课外作业也应以不影响学生私人生活为准。虽然会有人说，专业学生不可和中小学生相提并论。但若使得专业学生要为功课而弄得废寝忘食，朝夕不眠，这也是专业教育所乐见的吗？故此在不影响学生私人社交生活的原则下，给予学生适当的习作，是一种具普遍适应性的教育原则，对不同阶段学生均具有普遍的实用性。

（三）学习情绪与兴趣的发展

关于学习情绪与兴趣的发展这个问题，就是大专学生，其表现也与一般学生无异。学生学习情绪的发展，会受到老师的教学态度、教学方法及学习环境所影响。而工作的压力太大，则会造成情绪不稳定、兴趣减弱，影响学生应有的表现。其次，假若教师的教学目的与学生对此一科目的期望发生矛盾，则学生会丧失原有的学习兴趣，学习情绪当然更谈不上。倘若有些学生勉强维持其学习兴趣，竭力完成规定的功课，可是学习环境却不理想，也势必阻碍工作效率，更容易引起情绪问题。总括而言，假若希望学生的学习情绪与兴趣得到良好的发展，则需要小心制定教学目的，运用有效的教学方式、提供理想的学习环境而且切不可给学生太大的工作压力。

（四）分类选修

美术创作的范围非常广泛，种类繁多。是否每一类都会为人喜爱并具有足够创作能力呢？答案当然是否定的。因为这牵涉到个人的喜恶与能力的差异因素。而在教育学院头两年基础师训课程当中，已给予学生对普通的美术教材及其创作过程有一基本的训练，故在第三年的专科深造期间，理应给予他们机会，作专门媒介的研究与探讨，使学生就自己喜爱的类别，作多方面的尝试创作，寻找更多的可能性变化，扩大教材设计的内容。因为一年的深造时间实在不长，与其和一二年级的课程学习模式重复，让一些学生在自己兴趣与能力稍差的美术创作媒介上，作无谓的时间消磨，不如将课程改为分科选修，使每一个人能在个别类型中，有突破性的表现。

调查方法

（一）研究设计

该项调查的设计，是采用问卷方式进行。由于调查对象人数不多，故问卷除部分用闭合式（Close Question）收集数据外，其余部分兼用开放式（Open Question）问题以期取得更多有用资料以利分析。问卷的设计可以为五部分：

170

甲. 个人资料记录:

主要显示出学员的身份，例如在职或是直升、已婚未婚、年龄、性别等。

乙. 工作量所需时间统计:

主要找出该项课程实际涉及的科目类别，和应付每项科目类别所花的实际时间，再将总工作时间与本学年校历表上课目程的总工作时间作出比较。

丙. 对教育科、语文科的学习意见调查:

主要收集对两年来，三年级课程中，所增添教育科及语文科的具体意见，作为日后课程修订的参考。

丁. 对工作环境的意见调查:

目的主要在辅助分析乙项所得的结论，因为工作环境会影响到工作效率，亦可影响到工作时间的分配。

戊. 对分类选修的意见调查:

主要作为改良现行课程的初步探讨，尝试找出是否每个人对各类美术创作，有其特殊的偏爱，若改为分类专修有何意见表达。

（二）调查工具

该项调查的工具，主要利用一份问卷，来收集资料，再将所得数据与院内行事历作出对比统计，从而找出结果，对原有假设加以评估。

（三）进行过程

由于这次是属于一种小型的意见调查研究，故施行上的工作分配极为简单。由调查设计、问卷拟定、问卷制作、派发、收集，以至资料整理、计算、分析等一切手续均可由一人单独处理，以期达到首尾衔接，一气呵成的效果。

（四）调查样本

该项调查的对象，是全体院内美术设计科三年级的学员，所以严格而言，本来并不能算是调查样本（Sample），然而再反观该项调查的目的在于评议现行课程，而受现行课程所影响的学生，当然不止现有人数那么少，所以他们只可作为对现行课程评议的代表性意见，故亦应视作一种样本处理。

（五）反应比率

由于样本数目不多，而且局限在院内，只要在派发问卷的时间适当，则预期答卷的反应比率应接近百分之一百。

（六）资料处理

当有效的问卷收集回来后，便会将所得的资料，根据问题的类型分项汇集，即将数量资料与意见资料分别处理。先找出数量资料的实际情况，再依个别意见项目的资料分点剖析，检定得出数据的可靠性及反映出背后存在的隐涵因素。

最后结合那些开放式问题的意见，突出有价值的意见，作为编整课程改良意见的基准。

（七）统计分析方法

由于该项调查所牵涉的，并非庞大的数量化资料研究，故所得的数据无须作艰深的统计学处理或电脑分析，只要将甲、乙、丙三项收集所得的数字，作简单数学运算再找出乙项数据与院内行事历学生正常学习时间的差额便可。故此"平均数"的计算为调查主要的统计分析方法。

结果与讨论

该项调查主要利用问卷进行，所以其结果亦须依据问卷资料收集所得而加以讨论。例如从甲项个人资料中，可找出在职教师与直升学员的比例，再找出已婚者及女性的比率，因为如在职及已婚女性人数较多，则会影响到课堂评议。对于一般普通学生课程工作分量，有时不妨稍重，也不致影响学习情绪及兴趣，但在职者，尤其是已婚女性，可能会有家庭负担，可资应付工作的余暇时间较少，精神有时也负担不来，会影响在学习时的应有表现。这或许是对课程评议的一些为人忽视的隐涵因素。

在乙项对工作量所需的时间统计，可以找出就此一课程所规定的一些习作或美术创作，一般学生要花多少时间，才能顺利完成，对自己的私有时间运用有没有影响，再计算出所花工作时间与院内正常学习时间的差额，从而看出课程的内容是否超重，是否适当。

在丙项收集所得的意见，可以反映出自从三年级课程（指一般的特别三年级课程 special third year) 加入教育及语文的必修课后，一般学生的反应。其中会考虑在职者与直升者之间意见的差别，综合分析出教育科及语文科在教学进修，特别对一些专科老师进修的价值。

在丁项所得的结果，可以用来讨论一下，政府对专科师资训练的投资是否足够，因为这个问题表面上与该项调查好像没有关联，但先前已经指出，学习环境的优劣、材料供应充足与否，均会直接影响学习效率，从而影响课程加定的原有目标。当局设立一个如此的特定课程，当然有其预定目的，但若忽视会直接影响既定目标达成的因素，则未免令人怀疑这项课程的存在是否有价值。

最后一项的意见调查，无非想用以讨论一个存在已久的提议"三年级美术设计科，是否跟一些大学一样，分类由学员依自己的兴趣与能力选修"。因为向来，美术设计科三年级的学生，经常批评课程太过庞杂，学习时间又少，学期末还硬性规定要有一个作品展览会，于是学生全年只为展览而艰苦创作，可是大家都会了解个人的兴趣与能力是否有差异，于是乎碰到一些并不擅长的美术媒介，便要花多好

几倍的时间，去"操练"，以获得理解的展出的
效果，这无疑是强人所难，耗费人力物力，所
以希望通过该项意见调查，尝试探讨对改变为
分类选修的反应及可行性。

综合结论

虽然该项调查研究，只用于学习设计教育
调查的内容与过程中，未能将问卷作实质的意
见调查，到目前为止，并没有实际资料对问题
加以分析，从而作出结论，但是仍希望该项调
查研究的拟定，对于师资训练课程的发展有所
启发，例如修改学院现行整个美术设计课程，
增添应有的设备，提供良好的学习坏境，检讨
教学及语文科所占比重及考虑分科选修的可行
性等。当然其中最重要的是如果发觉现行课程
所给予学生的工作压力过重，便应该马上根据
实际情况，适度削减习作，以免影响学生的学
习情绪与兴趣。

十、美术教育与社会问题

色情与艺术

笔者最近有机会通过校内德育讲座和学生讨论色情与艺术的问题。原因有感于在传媒长期无形地渗透下，大多数青少年对色情的观念模糊及采取宽松的接受态度，所以希望利用一些他们经常可以接触得到的广告及书刊图片，来向他们提示一下，以便作出正确的判断。

后来与一些教师谈及，或许其他老师也有兴趣了解我的观点，故此不避见笑，将油印给学生的讲稿发表，希望能抛砖引玉，得到读者的教益。篇末附上学生在讨论中的提问，以供参考。

各位同学，这次和大家讨论的题目是"色情与艺术"。讲座分重点提示、幻灯讲解及同学发问三部分。假如各位同学对演讲内容有任何问题，可以在最后部分举手发问或用纸写下以书面形式提出，在老师可以表达的范围内，将尽量为大家解答。

另外，还要说明一点，这次讲题的资料及图片均来自书局及报摊中不须禁止可随意售予任何人士的书籍、杂志、报张及期刊，其中有否不雅成份，则可以由大家评定和反思。

"色情与艺术"是一个经常被拿来讨论，但反反复复大都不能得出具体结论的话题。其中原因在于大部分人对这个主题一开始便存在有很多偏颇的观念，加上掌握的资料不足，立论便容易流于空泛。

首先我们要知道色情与艺术是关系到一件事物的真假善恶，是一种道德观念的评价，甚至是一种立法的权衡，所以，任何关心自己、关心社会、关心文化发展的人，都可以坦率公开表达意见，并没有某一类人较具权威性。

其次，色情与艺术是两件截然不同的事情，并非是"一体两面"的关系。一件被大众非议为色情的事物，纵使在法律的审裁中指控不成立，也不会马上转变为被认可的艺术品。所以有些人指责色情贩子假借艺术之名去贩卖色情，原则上已是一个错误的讲法。

再者在公众的讨论中，有时亦会受到所谓文字障（对有关字词概念的不确切理解）所困

178

扰。现在综合很多字典辞书先看看两个词的具体解析：

色情（Erotic）——泛指男女之爱，主要用于描述情欲和性活动有关的事情；有时也可解作情诗。

艺术(Art、Arts)——包含有技巧(Technique)与思虑（Mind）的活动及其制作，特别指一些具有美感价值的活动或其活动的产物，通常会用形象来反映现实，但比现实更有典型性的社会意识形态，包括文学、绘画、雕塑、音乐、电影……等。

何谓色情

字典的解释较为中性，中国人对"色情"的理解会受传统文化影响，通常会是负面的、不道德的、需要整肃的；相反外国人对"Erotic"的理解则较易接受，或会认真正视但却可以完全不涉及道德与罪恶感，这可能基于中外文化对禁欲的理解有所不同。但当描述的情欲的事物涉及隐私（Privacy）时则会认为不道德，可见外国亦有色情的界线。

另外有一个现代非常流行的美国俚语

Sexy，香港人习惯称为性感，中外亦有较为不同的理解。

我们会认为性感是一个容易接受的良性字眼，甚至随便拿来赞誉他人；外国人则对Sexy有所保留，因为它经常会牵涉到非份的性爱关系，带有一种欲望诱惑的意识。

所以，Sexy所包含的意念，在许多时都比Erotic更为色情，故此要更加小心分辨。

大家知道任何事情的严重性都会有程度大小的区分。我们社会法律所容许出现但备受大众非议的色情事物，应该属于软性色情类，即现时称为不雅类，需要有限制的流通。

虽然，这些事物暂不会对社会构成直接及广泛的影响，但它们仍是色情物品并非是艺术品，仍然要密切注视其扩散情况。

在这里，我想强调一句，色情事物的类型是非常广泛的，举凡运用形象、符号、语言、声音等传递意念的事物，都可以渗入色情的成份。

特别时下的广告画面、电视台及电台的广播、电影情节及对白都经常带有色情或不雅的意识，虽然是软性，但终归都是色情产物，是要正视的。

大体上很多人都习惯把色情和艺术的争辩集中在视觉媒介上，为了方便讨论，现在利用幻灯片翻拍了一些容易将色情和艺术两者混淆的事例向大家说明：

色情是意念

第一、色情是一种意念，并非单指画面形象，所以有时半裸或没有裸露的画面往往会比全裸更为色情。

名家也色情

第二、艺术家的创作未必所有都会是艺术品，甚至有些艺术家亦会从事色情性的创作。毕加索可算是一个典型例子，另外画富士山三十六景的北斋亦是代表人物，从他们一生的事业发展，很多时创作的冲动会和情欲分不开。美国的重金属漫画（Heavy Metal）绘描画师经常刻意地去制造色情画面。面对这类事物，我们都可以撇开作者的名气去作出正确的判断。

两性都色情

第三，由于社会长久处于男性中心，表面

上大部分色情事物都集中在女性身上，背后我们对男性裸露却会感到更色情，绝对不能接受。其实性感偶像亦有男女的代表性人物，由此可知，两性都可以成为色情的焦点。

色情的古物

第四，由于文化与历史的考虑，一些古物纵使带有色情成份，也可能会放在博物馆陈列。这等原始的出土文物只代表人类过往的色情文化，并不能因为放在博物馆中便会变为艺术品。那只是色情物品收藏家自欺欺人而已。

宗教的色情

第五，一些宗教（例如西藏密宗），由于本身的教义和信仰关系，其中或会涉及男女情欲，或用雕像，或用图画去传教。由于出发点是基于修行的向善意识，不能用色情眼光看待。

色情的符号

第六，中西艺术创作习惯上所运用的符号不同。例如裸体便是西洋画派很重要的意符（Symbol），它有着自然、纯真、坦率、圣洁和完善的象征，只要是客观展示，真实自然而不含有蓄意去挑引观者的情欲反应，大抵可算没有色情成份。

所以一定要再次申明，不能光从表现的形象去判别，必须留意背后的动机、包含的意念及最后想达到的目的。

色情应限制

既然我们已了解到社会的确存在很多色情事物，而色情的本质是描述男女两性的情欲，又为何要严厉限制呢？

答案很简单，如果容许色情泛滥，将会产生很多后遗症：

① **女性形象受到歪曲**

正如上面谈及现代传媒可以触及的色情形象，绝大部分均利用女性形体去呈现，这样会对其他大多数纯良女性的尊严构成严重伤害。

② **对两性了解容易产生不平衡现象**

由于日积月累的视觉经验，大部分人对女性外在的生理结构都会较男性熟悉，然而有关心理、情感、能力的认识则非常不足，这种片面的理解，严重影响两性将来共同生活的良好发展。

③ 容易产生虚假和误导

由于色情事业的恶性竞争，标奇立异、哗众取宠，甚至无中生有捏造事实的虚假手段也经常运用。这在社会性教育未能健全发展的情况下，大众便容易因掌握虚假的资讯而作出错误的判断。所以虚假与不雅同样有害。

④ 鼓吹纵欲主义

人类的欲望是无穷无尽很难会真正满足，而个人的能力有限，加上需要遵守起码的社会规范，如果允许鼓吹纵欲主义，必然会影响社会的安定繁荣。

⑤ 令日常生活受到困扰

假如传媒在整个生活层面过分渲染色情，在我们日常言谈、社交或举手投足的活动中便很容易不自觉地出现尴尬场面或不必要的困扰。例如我们对某些人的姓氏、某些数目字、某些植物、用品等，甚至同性社交都要格外小心处理，间接加重精神负担。

刚才我们曾谈过色情和艺术是关于意念和道德观念的问题，这或会因人、因时、因地而略有不同。较客观是综合大多数人共同的标准去评论，这种标准亦需要经常去调整。现在让我们做一个小型的民意调查，分别会有两种组别（甲、乙），各十张幻灯片，如果你个人认为哪一张有色情成份，便可在问卷中加上"√"号。幻灯片放完后，大家可以用书面或举手发问，统计工作会同时进行。多谢各位。

附录：学生提问

一、人为何要看色情刊物？

二、隐私是什么？

三、情欲怎可演化为色情？

四、情欲的真正意思是什么？

五、卖内衣裤的广告是否色情？

六、接吻和亲热有否色情成份？

七、刚才说情欲与色情无关，但为何谈论色情时又会包含情欲在内？

八、为何社会上会出现暴露狂？

九、刚才提及在外国有些人利用电话来传播色情，究竟他们会说些什么呢？

十、我觉得"兰保"赤裸上身的图片是表现英雄，不是色情，请解释。

十一、如观看者认为某作品为色情，试问他如何知道作品的动机及表达目的？

十二、我想知道人的自然反应是否区别于色情的途径，是的话，我们又从何处去判断呢？我指的判断是容易及简单的。

十三、既然性是和人分不开的两种事物，如何能调剂人的性生活？

十四、色情可以指对两性情欲的渴求，假如不刻意泛滥，间或一次能否增加生活色彩。

十一、美术教育杂谈

我为什么会教美术

　　美育，是"五育"其中一项，在平衡教学的原则底下，本应有其不可忽略的重要性。但现实上，美育却是香港教育最弱和最被压抑的一环。同时无论在电子传媒或报纸刊物，除了一些装饰性、点缀性的花边新闻报导外，鲜有较为认真、深入的美术教育专题探讨。现在难得星岛日报增开一个"美育论坛"的专栏，让我辈美育文化人，有机会和大众分享一些教学体会，的确应该好好利用。所以笔者想尽点绵力，在这小小的空间，从个人的工作经验出发，向广大读者介绍一些美术教育的课程。

　　虽然笔者在香港从事美术教育已有十多年，对小学、中学以至大专的美术教育情况均各有心得。但事实上，和所有在70年代念中学的同辈一样；我们在学生时代接受美术训练的机会并不太多，而且过程也很散乱，欠缺系统性发展。我所就读的学校已算较为前卫，中一、二、三均开设美术课，并能有一位台湾师范大学美术系毕业的教师专科任教。学校的美术气氛也很浓厚。如果你有兴趣参加会考或大学入学美术科考试，还可以在放学后，跟老师自修（现在我才知道这种安排对老师是很不公平的）。

然而在中学时我的志愿却是想做专栏作家或记者。而且从当时的阅读经验中，很仰慕哲学家的才华，所以在只有中四程度时，已开始到校外课程上哲学课。虽然自己在校内美术的表现（特别是立体创作和平面设计）也算不错，反而没有认真想过要向美术方面发展。

直到现在，我也自知为人较偏向理性化，一向的创作态度只是那种探求事理和自娱的兴趣居多，从来不重视自己创作的出路，所以也没有考虑过开展览或参加公开比赛，因此职业艺术家根本不会是我的目标。不过在哲学思考的训练过程中，也激发了我对美的追寻，特别是艺术方面。我想教书的工作可以为我提供实验的机会，而且较多的工余时间，也有助学问的探究。

兴趣以外，还需要什么

由于自己喜爱艺术，在工作上又要面对向青少年进行美感培育的问题。为了希望能传达正确的信息和观念，笔者在 20 岁至 30 岁的十年中，曾花了很多时间尝试去了解不同形式的艺术，例如舞蹈、音乐、戏剧、电影，以至绘画、商业摄影和电脑艺术等等，希望探求其间关于美的共通性理解，或者可以粗略当作美学的探求。这种经验，后来也大大影响了我对学生进行美育的重心和手法。

很多人加入教师行业，最初的动机，可能会是对某门学问很有兴趣。但要达至有效教学的目标，根据个人经验，除了对某学科有浓厚兴趣外，还需要了解该学科对学生学习和成长的意义，以及有一套完整的教学理念。否则（就美术科而言），我们干脆找艺术家或是书画家来上课，何需美术教师的存在？

对于提高美术教学效果的方法，我认为首先必须着重基本概念的讲解；多结合学生生活经验加以分析推论，以强化理解；要融合各种表达媒介在课程内容中，以增加学生的经验层面和应变能力；学习过程还必须有系统地渐进发展，切记我们是在进行普及教育而非发掘天才。

在我的教学经验中，也有学生取得优异成绩或比赛奖励，但这并非我预定的教学目标。反而在长期的观察中，有二种教学效果，我会引以自豪。其一便是所有上过我课的学生，都会表现出慢慢恢复学习美术的信心，了解自己也有一定创作能力，并且找到较为适合自己的美术媒介去表达意念。其二是所有我教过的学生，都能保留自己的表达方式和风格，没有半点我的样式和影子（那些性格和我接近者例外），我认为这是美术教育应有的基本效果。

我想，选择美术教育也不算违背我个人意愿，只是我较为现实，没有坚持要做记者，不过两种工作也有共通点，均能帮助大家去好好了解自己的生活。

美术可以教授吗

"美术可以教授吗？"如果要严肃一点谈论，这可能会是一个在艺术或哲学上容易引起争议的话题。因为在一般人心目中，特别是艺术圈中或者搞哲学理论的人，对于美术创作的理解，仍然存在那种天才表现，浪漫主义的观念。天才是与生俱来，无可教授的；而且美术是一种感受性的创作艺术，意念天马行空，难以掌握，教授又从何而起？一般人认为，对于培育天才，我们可以做的，充其量只有为天才提供一个可以酝酿创作才华的空间或场所，替他们准备一些可以表达意念的物质材料，或者提示一两个可以激发灵感的主题；其他的，便只有等待灵机的出现，千万不要给予任何干预。

在香港各个学习阶段的美术教学中，或者是美术界向政府提出要求支持的内容中，也可以清楚看到这种理解的取向。于是乎上美术课50年不变，老师在黑板上写个画题，空泛的瞎吹几句，然后便静坐等待天才的出现。稍为勤勉的老师，也只是为学生多预备些范画和材料，努力地将平生所学，在20分钟内一口气倾销。于是乎学生表现欠佳，便可以肯定不是教师本身的问题。然而这两种极端的做法，却占了教学个案中一个很大的比例。

老师们似乎忘记了学校教育的基本作用，以及普及教育应该达至的目标。没有确定的学习内容，没有明确的学习重心，没有对学生已有知识充分掌握，没有知识性的教导与启发，没有技能的渐进操练，没有事后的分析纠正。采用这种教育手法，不要说个别能力差异很大的美术科，恐怕连向有说话能力的人教授语文科，也不会有什么具体教学效果。

另外，如果政府只是单单为艺术工作者提供展出空间或者比赛命题，而没有一套整体的培训计划，恐怕到头来也找不到足够天才去支持场地的使用和各种推广活动，而最后必招致浪费公家资源的指责。

天才能否决定一切

笔者个人认为，在美术学习中，主张天才论这种理解，似乎与人类历史发展不符。同时在学校教育的应有规范下，我想根本也不存在所谓自由创作这回事。

任何创作，均包含目的性、动机性和功能性三方面。艺术为政治服务、为宗教服务、为权贵服务，更是我们的历史和现实。并且在现代社会这种要求"量度"经济效益的代议政制下，要政府无条件去资助"个人发展"，而不涉及任何积极的社会意义，同时又没有任何成效保证或社会收益，恐怕也很难被接纳。况且，美术界若一味只强调"天才"这种空洞的命题，而不能建立一套社会大众基本上可以理解的感受标准，到头来只会使美术发展慢慢和传统历史、社会文化脱节，我想最后连自身的存在价值也会成问题。

笔者还是喜欢用上文所提及的教育角度去分析教"美术"这个问题。我认为美术创作，毕竟本质也是一种学习活动。除了潜能以外，学员的表现和各个成长阶段已发展的本能、学习的内容、学习的方式，以及外界的期望等等教育因素有很大的关系。

假如我们同意美术创作的本质是：心有所感，从而运用任何"视觉无素"或"创作原理"，通过某种"视觉媒介"，去制造出一种"视象"或"形体"，以表达自己的感受。则在笔者的工作经验和观察中，其实任何人都具有美术创作能力，并且这种能力是可以通过有系统的教导而得以提升。这种理解，也是笔者有兴趣从事美术教育工作的基本原因。

只要我们的教学有具体的目的和内容，有为学生每个成长阶段做好"智性"和"感性"的准备，所有学生必定可以找到起码一种美术创作的媒介去作为自己的专业发展，或者对将来的工作和个人精神生活有所帮助。

"记者要懂摄影吗？"

筹备了半年的"香港美术教育协会"终于在1992年1月18日正式成立，虽然开会过程稍为粗疏，但诚意可嘉，能够汇聚不同环节的美术教育从业员，希望日后能在探索过程中慢慢成长。

典礼完成后，少不了与会群众一同拍照。但在这种情况，负责摄影的同事便有可能被牺牲，不能和大家一同入镜，幸好当时有记者在场。于是有会员提议找记者帮忙，他们会是摄影专家。

可是当记者接过相机后，发觉原来这是一台配有"长焦神镜"（长焦距变焦镜）的传统单镜反光机，顿时不知所措。虽然有会员从旁提点，仍然无法操作。笔者冷眼旁观，察觉出这位记者对摄影的基本常识和技巧的了解有限。无论操机、对焦、拍摄和取景，概念都相当贫乏。甚至因为从未碰过这类稍为笨重的传统相机；所以虽然扰攘不到三分钟，手已发软，最后惟有由高手上阵解围，作出自我牺牲。

这件小事令我再度想起一个与专业训练有关联的话题——"记者要懂得摄影吗?"

严格来说，采访新闻的记者只负责把事件了解，整理内容和撰写稿件，利用文字媒介发表，任务便算完成。关于视觉媒介的记录，那会是摄影记者的职责和专长。甚至电视台的记者，还会将录音和灯光加以分工。所以，新闻记者不懂摄影的确无可厚非。从分工概念来说，这种解析非常合理，所以新闻记者也不一定要聘用传播系学生，众多念语文、科学，甚至财经的人也跑去当记者。但笔者想提出，现时各大报章的运作分工能否如此清楚，每件新闻采访，又能否提供足够人手去贯彻分工原则。相信不用科学调查，答案会是否定的。日常所见，大部分记者都是集录音、笔记、提问、摄影、撰稿，甚至拟定标题于一身。所以"铁脚、马眼、神仙肚"仍然是记者的现实写照。

既然记者日常工作经常碰到文字记录以外的问题，如果要工作达至专业水平，便应该在职前或在职时，提供相应的训练，大学教育所

195

产生的"技能转移"（Skill Transfer）效果非常低。就以摄影而言，去依赖新科技（例如自携轻便型自动相机），固然可以解决技术问题，但有关摄影的基本知识和运用观念，则仍需安排一些有系统的课程和实习机会，才能帮助从业员顺利应付工作。

其实教育行业，特别是美术教育也碰到类似专业训练失误的问题。

美劳课应该当作猪肉分赠吗

我们的社会，正在不断变迁成长，可是教师的职能也如新闻记者，不能配合社会日渐分工的趋势，仍然是个"大打杂"（杂工）角色。无论职前或在职，均得不到足够和适当的训练，去面对众多的工作需要。故此，教师不懂设计课程，不懂青少年辅导，不懂财政预算，没有足够的中、英文能力，或者没法写得一手好字等，也如记者不懂得摄影，是毫不出奇的。教师的能力不一定会符合公众传统的期望。

幸好教师的主要任务——课堂教学和学习评估，有教科书和考试这两种工具去应付，才不至沦为课堂纪律的监察者。

然而最不幸的是，在芸芸学校教授的科目中，单独只有美劳科（中学称为美术及设计科）没有一套完整的教学课本和全面评估学生能力的考试。所以教学效果完全要依赖教师的识见与学养，反观其他术科，甚至中、小学音乐科，现在已有像样的教科书和练习，同时学校以外更有一套极有系统和地位的考核方式。而中学的家政及工艺与设计科，也早已有固定的教授课本和全面能力评估的考试（包括实习和理论笔试）。至于体育科也因为被编入会考课程和教学安全问题，也朝着专任教学发展和强调有层次及理论基础的课程设计。

笔者认为最令香港美术教育发展停滞不前的原因，并非没有适当的教学"工具"，致命伤其实是来自教育界成员（包括校长和教师）的催残。特别在千多所小学中，长期将美劳科视为"太公猪肉"，任意分赠教师，情况数十年来改善不大。最极端的例子是在一所24个班的小学，竟然可以编排出26位美劳教师。可能这些分猪肉的校长会自我解说，认为自己只从照顾老师们的健康着想，没有任何私人收益存在，所以问心无愧。年年如此。但这些校长们是否想过，他们其实是在"慷政府之慨"，将学校资源当作私产，同时更是不公平地剥削了学生接受更好和更均衡教育的机会。

就目前的情况来看，笔者想提出一些折衷办法。首先希望校长们能尊重老师的教学专长，委派有条件的教师（并不一定曾修读美术教学）去教授较多课节（起码三班九节），并鼓励有兴趣的教师进修。同时更应马上向教育署反映，很多教师在小学都会有机会教授美劳课（特别是日渐增多的活动教学班），所以在师资训练方面，美术科应一如"小学自然"等成为必修科目（最少有三个月的课时训练），直到"全民皆兵"，才可舒解现时滥竽充数的缺失。

"埋堆的回应"

有作者在本栏透露最近一些艺术界同好埋班组会，像是有点跟风"埋堆"（结党、结派）。做成此印象，归根到底都是艺术圈中人，个性比较主观，发展趋向个人化，活动面普遍狭窄，很少关心政治架构及社会建制的发展，慢慢便与社会现实脱离，所以艺术界的表现，在香港这个发展已算先进的地区，所能引起社会的关心仍然不足。

另外视觉艺术所能得到社会支持与援助，相对于其他演艺及康乐文化范畴又是不成比例。其成因除了上述艺术界的共同弱点外，亦因视艺术本身未能建立一套可以量化分级评定的系统化制度（最少在基础教育方面应该发展，希望能建立一套跨媒介的共通审美基准，让普通大众循序渐进学习，这是一种实际需要，并切实可行，以配合现行社会普遍接受的学习模式。此外，现社会虽然很多人都不会单钻研某一类视艺媒介，但一些已成立的视艺小组，除了不大公开活动外，同行之间的联合交流也甚少出现。凡此种种都削弱了视觉艺术的专业化发展。

笔者最近亦曾与行家计划筹组一个"中学美术教师协会"（不知与社之外的是否雷同）。这种埋堆动机，完全是为着要配合社会制度的发展，不再将艺术局限于不问世事，自生自灭的境地。在日常工作的体会中，发现有很多行内共同面对的问题，长久以来虽有个别人士提出，但一直未能得到改善，所以深感要改变社会上制度化对社团发展有局限的缺点，必须运用认可集团的谈判方式，因为个人意见不会受到重视，而相反，若是某环节的代表性团体，在社会建制的咨询或谈判中，总可争取到一席的发言权。所以公会或社团是某一团体走向专业化发展必须成立的组织。这也是现代社会团体自我强化的必要手段。事实上，团体的形成亦未必会产生令人忧虑的对抗性情况，所谓"蛇无头不行"。整个团体的名份确立后，别人想加以咨询或关怀亦可有一个明确的对象，我们相信政府有时亦想扶掖视艺活动，但每每苦无具体对象而终止。所以团体组织亦有利行内行外的沟通，互相取长补短。

希望司徒志明的组织能够广泛宣传，吸纳更多热心同好，而业内的各类媒介最好能分别成立会社，然后将来各类会社再联合成立香港视觉艺术联合会，那么对于所谓视觉艺术发展局或视觉艺术学院一类的争取会较为乐观。

意符的理解

较早前，一连数天在信报看到相同的全版广告。设计者为了要达到吸引人注意的目的，确实用了很多令主题突出的设计意符：粗黑实地横线、粗黑字体标题，加上当时一个热门话题的女性照片。虽然心思是用了，但相信很多人第一眼的印象，会被那粗黑意符所误导，以为是一个严肃或悲惨的消息，例如政府忠告或是某名人逝世等，这与一种新牌子软性饮料的面世所要传达的隆重、欢乐信息有所冲突。

每一个人对于任何画面或映象的好恶可能存有主观偏见，但对设计上意符的认识与运用应该是理性和客观的。不同意符均有其本身的含义及视觉效能，所以现代商业美术设计才会成为一门可教授的学问。但假如经过了长久经验累积整理而成的一套客观的系统，时常被随意演绎，错误运用，美术教育便不能健康成长。

在视觉效能上直线会产生稳定、方向性、硬朗等效果，粗线会予人以沉实、严肃、压力等感觉，所以天灾人祸悲剧等信息，报刊每每会用粗黑的黑体字等排版。假如设计者嫌很多传统的花边太老土或与画面整体格调不配合，实可改用简单的套红粗线，相信所增费用不会太多，但却更见隆重和欢乐。而文字亦可考虑幼黑体（比较潇洒）、圆柱体（活泼、欢乐）、中国书体（有民族情感、机能性大）。但同一广告在另一些刊物的彩色版亦是黑沉沉的，这除了设计者先入为主的观念外，客户亦可能因没有受过美术语言训练而盲目接受。这种设计对意符只作表象理解，单执着视觉效能而忽视实质意念的现象是需要多讨论才能纠正过来。

另外用女性直接推销啤酒虽然较为传统及低格调（酒女形象）但亦无可厚非。然而若能改为间接形式，将一位代表美貌与智慧并重的女性所欣赏男性的英明抉择这一个意念设计，相信对视觉效果及销售对象的掌握会更为准确。现在艺术界已步入后现代主义时代，百花齐放、新旧纷呈。相信这并非意味审美基准会杂乱无章，旧有艺术理论会崩溃。

相反后现代主义应该是逼使参与者要更深入回顾人类历史的发展，而对不同时代所出现的象征性事物——意符，能有更清楚的了解和界定，以期建立一套可恒久互为沟通的语言。但愿事实如此。

损人不利己的新制

最近港大公布新生入学要求准则引起教育

圈内议论纷纷。亦有部分人士通过传媒反映意见，其中又以美术科老师的反应较为积极。目前笔者参与了一群美术老师的讨论，对问题有较透彻了解。

讨论会在座人士最现实的反应便是新甄选机制必然影响美术科的发展。根据教育署透露，已有若干学校打算取消会考美术课程。长远而言，美术科在现时不公平的发展形势下，将会进一步备受歧视。这种分析，可能并不正确。因为理论上，所有教学课程都应有自身的教育目的和效果，课程的设立，也是以针对学生的成长和发展需要为准则。近年来，教育署大力发展术科会考课程，同时亦得到学校层面的响应。由于普及教育的施行，学生的发展需求转变为多元化（相对而言精英化降低），再配合大专院校如两所理工学院以及各工业学院大量开设实用科目，使得学生的教育进修和出路得到较为均衡的调节。有一部分学生已摆脱了"必须读大学"的传统束缚。故此以乐观的角度来看，假如教育署、教统会，其他学府以及有责任感的校长等环节不被动地去改变目前的均衡状况，被港大编入"其他科目"的术科发展，理应不受影响。

然而，最不配合理想的现实便是，香港有九成以上的中学是英文中学，其预科课程理所当然以港大的入学要求为核心取向。姑勿论学生的入学区分比如何，都必须先争取最有利的发展条件。影响所及，主动去改变入学的第一关——会考选科，是很易理解的取向，即是要付出更大的代价（金钱、空间、人力）去将美术科改为设计与工艺科，很多学校亦在所不惜。这着实暴露了香港的教育制度完全为满足各类考试这一个大家不愿出诸于口，但很荒谬地存在的事实。

香港大学在报章上那些似是而非的解释亦未能令教育界人士信服。所谓"通才教育、文中有埋、埋中有文"表面上好像言之成理，但为何又要将一些文理科目扭曲成"其他科目"。从港大校务组透露的解释中，例如会考人数、课程的学术性，基本常识的应用，教育目的等等均不能概括地应用在学科分类上，明显地带有科目歧视的偏见。当然港大有权决定自己任何形式的招生标准，但如果严重影响到广泛层面而仍一意孤行，这很难使人相信不是滥用权力。而在咨询的过程中不直接向各学科的辅导视学署接触，更证明有意制造既成事实。

假使我们将问题结合起"中大暂取生制"、"中大四改三"、"科大成立"、"香港高科技发展"、"香港文化政策"等其他诸因素，便可以看出新招生标准，其目的只在确保将来学生的精英化，以抗拒其他院校的竞争。至于教育界中各科目的利己发展和权力斗争，亦是新制度出现的潜在因素。

港大为了一己的利益而要牺牲数十万学生的权益，但愿能有更多不同界别、阶层的人士（当然最好是各级校长、"其他科目"老师、中学生等），能挺身而出，将唯利是图者唤醒。

谈美术教育

在一般中小学，术科长久以来都不大受到重视。究其原因一方面是学校行政编制局限了发展，另一方面亦是传统上过分注重学科智能的培育倾向仍未得到适当平衡。

其实大家都应该理解到，术科所能产生的教育效能基本上不会比学科低，而且在推行普及教育与着重培养学生的创作潜能的趋势下，我们应该好好地重新了解术科的教育效能。

就以美术为例，除了可以加强艺术造诣的

训练外，对于日常生活亦有其实用意义。

从社会发展的角度看，在一个繁荣进步的社会，温饱问题得到解决后，便会进而追求更美好的生活安排，故此无论衣、食、住、行，对美的要求亦会相应提高。所以在日常生活中会有越来越多的机会碰到如何判断美丑好坏的问题。小至衣饰配衬，室内布置安排，大至气质培养，形象建立等，假如每个人都能掌握起码的美感准则，便可以生活得更完美。特别是女性们，如果对于色彩和造型较为敏感或是涂色敷彩技巧较为细致，那么在衣饰潮流和仪容妆扮的掌握上会更有自信心。

再者在全体市民的美感要求提高后，人人不愿看见户内户外环境的丑陋与杂乱无章，或许亦会有助改善随地抛弃废物及污染社区的缺德问题。日本便是一个现成的好例子。

现在回到教育效果的层面来看。现行的美术教育由于创作媒介类型多，所以适应性强，效果全面。

例如素描练习，可以训练学生锐利和独特的观察力。设计练习可以强化学生解决问题的能力，通过了解设计需要、搜集资料、设计方案、修改草图及制作等环节，学生可以培养出系统性处事的态度。至于绘画亦可以为学生提供一个想象的空间，须知想象实在是一切创作的原动力。立体雕塑方面更可以训练学生的透视判断和对空间概念的掌握，手脑活动机能的协调效能也有所增强。其他手工艺制作也可以培养出装饰性构思以及对废弃材料再加利用的意识。

一些欧美国家，在评估学生的能力时，除了沿用以往的智商测验外，已开始加入一些创作能力的评核。新的教育理论认为，学生除了对知识的掌握外，还需要有创造新事物的能力，才能面对日新月异的社会转变。港大最近推出的"新生入学要求"，基本上是一项好的构思，但若改为"必修科"、"文理科"和"术科"的选科结构则更为理想。

至于因为美术科会考中没有笔试题的必修考卷，便否定了美术教育的学术性和学生必须掌握的理论基础，这无疑暴露了外行人的偏见与短视。

教学支援何处寻

教学是一个既要群体合作，又是各自分工

的行业，所以虽然在教学场所中，经常有一大群人围绕，但无论新教师或是资历丰富的教师，有时都会感到孤立无援。

在寻找支援这个问题上，我认为大前题最重要的是老师本身能主动自觉，有积极开放的心态。

对老师在教学上的支援，最有直接关系当然是教育署各科目的辅导视学组。他们负有督导教学工作、统筹科务发展、提供技术支援及教学咨询的责任。但每位老师也不可忘记本身亦有承担一定责任的义务。

就以美术科为例，稍为活跃的美术教师，都应该到过北角百福道"教学大寨"——美工中心，参与不同类型的教学活动。虽然有老师或许会觉得其中一些活动对教学的工作帮助不大，或者课题都是老生常谈，枯燥乏味。但我认为无论个人观感如何，大家是应该继续积极捧场。因为这是自己所属科目的学习园地，有意见应该在集会上直接具体地提出。这个社会是要有压力才会产生改变，同时改变的幅度亦和所加压力的大小成正比。而且假如参与的老师积极活跃，美工中心同仁才会有足够的支持力去向中央体系争取应有的改进，这正是现在社会上很现实的游戏规则。

就我个人经验而言，撇开活动的内容不谈，能够隔一段时间，有机会与其他行家和老友聚旧，彼此交换教学近况，在心理上已可减少孤独感。而且从集会上老师们的发问和陈述当中，也可以了解到有些教学问题是具有个别性，另外还有些则会具有普遍性，在互相沟通解决后，就能减少教学时的不安情绪。无论如何，行内的活动大家是应该支持的。

关于教材的确定，当然可以通过行家聚会，互相交流心得，但其实美工中心也是一个教材汇集重地。老师们经常可以看到中心陈列很多具有参考价值的教材。其次在中心范围所悬挂的学生的装饰性作品，也不难为老师们提供一些设计教材的灵感。

其实一些以前陈列过的教材，通常会由中心摄制彩色图片，并配合简单文字说明，再分类编辑成资料册，供老师随时借阅。而中心的工作人员亦会将从各期刊及参考书中，辑录一些适合香港教学环境的教材，向老师推介。每隔一段时期中心更会将受欢迎的教材印制成参考资料册，分派给到中心参观的教师。所以只要老师们肯到美工中心走走，当不会空手而回。

另一方面，中心内所有的视听资料，如约三百多盒的录影带、三十段讲座录音，以及五百多套接近 4 万张的幻灯片，都能为美术教学提供有效的支援。其次大家也不可忽略那一大堆的美术书刊。在中心的藏书约有 3000 本，向学校所建议的中英文参考书目，大部分能在中心图书馆内找到；还有约 40 本非常有水准的期刊，例如"School Arts"、"Crafts"、"Design"、"Graphics"、"Art and Crafts"、"Art Education"、"Computer Graphics"，以及《美术家》、《艺术家》、《雄狮美术》、《画廊》等，都很值得向大家推荐。

假如老师们需要香港邻近地区的参考资料，美工中心还存有新加坡、台湾及欧美等地国民美术教材及课程设计以供参考，凡此种种均足以丰富教师的教学概念。

事实上，除了美工中心外，社会上还有其他的资源，可以支援老师的知识及技术层面。最方便的莫过于各类图书馆（特别是英国文化协会及美国图书馆），各大小展览中心、各种文娱康乐活动等，只要你有时间参与，肯定会身心受益。例如笔者每届盛暑时节，很喜欢去欣赏市政局艺术馆策划的免费美术电影节目。一来可以躲在冷气间内避暑，二来有机会看到世界各地的美术创作动态，三来更可借机训练英语聆听能力，真可谓三重享受。

还有一些可以提供直接支援的场所和组织，例如辅导视学处各个教学及资源中心，均可向老师介绍不同的教具和教材制作。而视听教育组还印制了十八个科目或类别的视听教材目录，供学校免费索阅，老师们不难从中找到适合自己教学内容的资料。此外如廉政公署、各国商务专员公署、教协、长春社等组织，也很乐意协助老师，解决有相关的教学问题。如果能够汇集同道，筹组属于自己专业的组织，当然更可较持久的去支援教学工作。

最后还要重申文首所提及的要点，假如老师们能够主动积极去寻找支援，相信一定会发现原来社会上的教学资源实在很多，问题只在于你有没有时间去发掘而已！在 90 年代，物料和资源应不再是有效教学上的限制，最迫切反而是美术教师的个人贯来问题。

我们的方向

各位香港美术教育协会会员、各位美术界朋友：

很高兴有机会在这里向各位简介本会的成立过程和今后工作的方向。

相信任何关心美术教育的同仁，都会感受到现在香港无论在学前、小学、中学、师范，以至大学层次，或多或少均存在问题。然而单靠各个层面少数热心同仁单打独门，是不足以将自己面对的问题解决的；更何况有很多问题是层层相关，而我们面对的实际情况却是层层脱节。所以我们的协会得以顺利成立，固然是行内有这种迫切的需要。纵使不可以马上全面协调以及解决一些共通问题，至少也可以为推动香港美术教育，提供一种可能性。

基于协调不同层面的脱节情况，在 1991年 7 年，筹备成立协会初期，各个筹委同意将美术教育"界定"在较广阔的含义上，亦即除了各个阶段的学校教育，还包括各种形式的公众教育媒介，例如艺术馆、博物馆、艺术团体、

212

艺术行政、艺术课程，以至艺术创作人。我们希望将来藉助各种形式的交流活动和教学课程，不但能逐渐舒解学校教育面对的困难，而且也能逐步摆脱与公众教育层面长期分割的困局。亦即是希望为学校教育寻找一条出路，让学生能看到学校美术的前景，同时也可以为公众教育媒介培养出一批有水准的支持者。

这种想法可能是香港美术教育界一个颇新鲜的概念，究竟如何落实，大家仍处于探索阶段。不过就目前面对的现实情况看来，这也是很值得尝试的构思。

我们相信要发展香港美术教育，现在已具备良好的条件，那便是行内庞大的人力资源和数目可观的服务对象（目前中、小学有接近一万位美术教师，其中一半曾经接受美术教育训练，而全港各阶段学生超过 100 万人）。若要取得理想的教育效果，关键在于资源的运用和活动形式的安排。

协会从筹办至今，均不断探讨举办各种活动和服务计划的可行性。一如在创会通讯介绍，协会将来的活动会针对"美术教育地位的提升"、"会员专业进修"、"社会与学校结合的活动"、"学术问题探讨"、"教学资源提供"以及"会员联系与福利"等各方面平衡发展。

然而，协会的存在和发展，绝不能单靠现在的执行委员单独策划。我们所有会员和美术教育同道，才是促使协会成长的主角，协会需要大家积极支持和策划。再者，在协会尚未成立之前，我们还可以借口没有一个专业组织去合力解决问题，而得以继续置身事外；但从现在开始，我们再没有这个借口去逃避责任。我们只有同舟共济，通过集体协会、集体参与、集体改进、一同去开创美术教育新里程。

如何推广美术教育

——探讨成立美术教育专业组织的作用

在我的工作经验中，觉得除了一般教学问题外，还有很多其他个人与环境因素，同样会影响美术教育的发展。

现在香港的美术教育，从整体而言还算差强人意，然而其中也不乏认真积极的老师，全心投入美术教育工作中。可是在美术科长期被忽视的现实下，有时也难免感到孤立无援，影响士气。或许本身也心想提供一己之见，希望可以改善香港美术教育的缓慢发展。但除了有时在本学科的研讨会或学习班，和同行老师碰碰面交换意见外，很难凝聚出具体构想。再者从老师的个人观点出发，去批评一些校政的偏颇，或是不公平的待遇，又会流于片面和私利。所以必须有一个能代表所有美术教育人员的专业组织，整体地去探讨大家所面对的共同困难，才能有效地表达所有成员的共同愿望。

另一方面，对于"美术教育"这个概念，或者最终通过"美术教育"可以达成的目标，在现时各个教育的层面上，仍未有大致的共同了解，甚至可能出现相互冲突的误解。故此，也必须要有一个跨层面、有代表性的组织，才能慢慢协调这种各个教育层面长久脱节的缺点。然而，大家也应该认识到，进入90年代，所谓"教育"，已经并非单指传统的正规学校教育，还包括社会上形形色色的团体和组织。因为后者其实也在担当公众教育的功能，可以算是一种学校以外的后援或支援教育。

如果我们明白这种社会现实情况，要成立一个行内有足够认受性的专业组织，就必须本着一种大的容纳精神，广泛联络各个层面中坚分子，共同策划筹组，从最基层开始，到公众教育这层面，整体地去规划美术教育新路向。

　　一个全港性的美术教育专业组织——"香港美术教育协会"，便是在这种信念之下产生。希望能够团结力量、汇集资源、交流切磋，将香港美术教育带入一条更健康、更专业的发展路向。

香港美术教育图录资料

一、香港小学生作品选

图一 拼帖

图2 绘描

图 3 绘画（弱能儿童）

图 4 绘画（弱能儿童）

图5 拼帖

图6 手工作品

二、香港中学生作品选

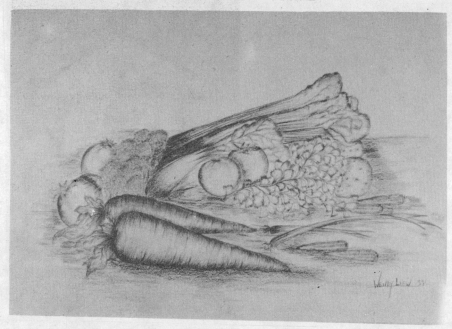

图7 ▲ 植物素描 ▼ 图8 景物写生

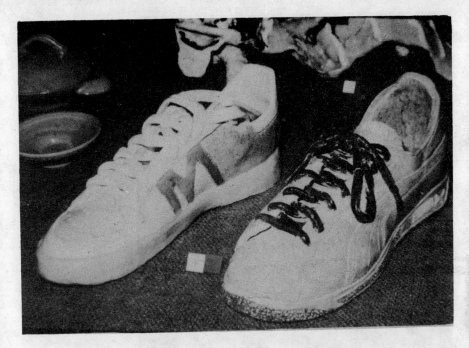

图 9　陶塑

图 10　雕塑

图二　押印

图 12　版画

图 13　绘画

图 14　美术设计

三、香港美术教育活动

图 15　香港各个展会的展览活动

图 16　香港中小学生美术展览

图 17　香港儿童美展获奖作品之一

图 18　香港儿童美展获奖作品之二

图 19 『夏日的香港』 美展作品之一

图 20 『夏日的香港』 美展作品之二

图 21 『夏日的香港』 美展作品之三

图 22　香港大一设计学院学生作品展作品之一

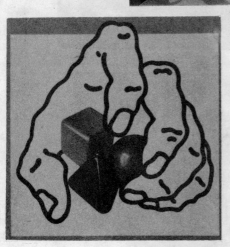

图 23　香港大一设计学院学生作品展作品之二

图 24　香港大一设计学院学生作品展作品之三

图 25　廖修平先生的版画讲座

图 26　香港花卉展中小学生绘画比赛盛况

图 27 「亨利摩尔在香港」展览活动中学生在制作作品

图 28 香港九龙公园雕塑廊的学生活动

四、香港美术教育设施及出版物

图 29　香港美术专科中学——休艺中学

图 30　各种展览的出版物

图32 小学木工、美劳科纲要

图 33、34 中学美术与设计科纲要

香港美术教育

林贵刚著

湖南美术出版社出版、发行（长沙市人民中路 103 号）
责任编辑：刘海珍
湖南省新华书店经销　湖南省新华印刷三厂印刷
开本：850×1168 毫米　1／32　印张：7.5　字数：10 万　插页：2 页
1996 年 3 月第 1 版　1996 年 9 月第 2 次印刷
印数：1001—4000

ISBN7-5356-0780-2／J・713　定价：19.00 元